臺灣商務印書館

漱石

文豪消失的童年和母愛

三浦雅士
Masashi Miura

林皎碧◎譯

目次

〈推薦序〉

貫穿漱石文學的基調

林水福

一、國民作家之美譽

日本近現代作家之中，有「國民作家」之稱的，並不多。有些出自評論者、愛好者主觀的推崇，其實無法「放諸四海而皆準」。

漱石，國民作家的美譽，在日本人心中，可說已成定論。

漱石初期作品《我是貓》、《少爺》、《三四郎》或者到《虞美人草》為止，給人印象是幽默，以老練的筆調鮮明描繪好人或壞蛋，作品中人物有如現實生活周遭人物，易懂，而且情節單純。全體而言可說相當「通俗」，日本人不拘年齡都會閱讀的。就此意義上稱之為「國民作家」。

漱石作品常碰觸倫理、正義等問題，就內容而言，就作品中的男女關係，常是違反倫理的三角關係，其實已超越了「國民」的界限，對「人」普遍存在的問題深入挖掘。

漱石作品的另一個特色是，將日本近代背負的文明之苦，視為一己之責任，試圖在文學作品中「解決」。換言之，日本國民背負的文明之苦，由一己承擔，就此意義也可以稱為「國民作家」。

二、漱石生平簡介

夏目漱石，一八六七年生於江戶牛込馬場，父夏目直克，母千枝，千枝是直克前妻逝世後再娶的。當時民間迷信申日申刻出生的人，不是大好就是大壞，有可能當強盜，在名字加上金字可改運，而漱石正是庚申日而且是申刻（下午四時左右）出生的，因此命名金之助。

金之助上有五兄二姊，身為老么，但從出生起就不受歡迎，被送到「古物商」（即撿破爛）寄養，有一次姊姊路遇看到金之助被丟在破爛堆中，不捨，抱回家，卻惹來父親不悅。

兩歲時送給新宿「名主」（約相當於今之里長）福原昌之助當養子。漱石在《道草》中說，記憶中養父管理已歇業的妓女戶建築物。養父母非常溺愛，但幼年時期相當孤獨。

明治四年（一八七三），金之助四歲時養父擔任淺草諏訪町的「戶長」（鎮公所行政官員），於是舉家從新宿遷居淺草。養父母常輪流問他：「你父親是誰？」「那你的母親呢？」漱石陷入自己真正屬於誰？屬於哪裏的不安。

後來養父母感情不睦，離婚。明治九年，金之助九歲時由生父母家領回。金之助和生母在一起的日子，只有明治九年到十四年母親逝世為止短短的五年。〈玻璃窗中〉說：「母親的名字叫千枝。我至今仍然覺得千枝是令人懷念的詞彙之一。對我而言，那不只是單純的母親的名字，而是其他女人決不可使用的名字。」

回到家之後，父親對金之助依然冷淡。金之助親近漢書籍，於《文學論》中言：「余少時好學漢籍，學習期間雖短，漠然從左國史漢得到的文學當如斯之定義。」左國史漢是《左傳》、《國語》、《史記》、《漢書》的簡稱。明治十二、三年從東京府第一中學轉到以漢學聞名的二松學舍，目的在於喜好漢文，試圖深究漢學。

那時學校未開設英語課程。金之助為了迎接新時代的來臨，認為英語是必需的，明治十六年，轉到英語成立學舍，翌年進「予備門」（預科）。明治二十一年九月進入予備門後身的第一高等中學本科，決意專攻英文學。《文學論》中說：「竊思英文學亦如（如漢文學）是。如斯之物舉一生學習，亦不後悔。」同年級有正岡子規，受子規《七草集》刺激亦寫漢詩文集《木屑集》，開始使用漱石筆名。《晉書》〈孫楚傳〉提到孫楚向王濟說自己有意暫時隱居，把「枕石漱流」說成「漱石枕流」，王濟指其誤謬，但孫楚硬拗說：「枕流可以洗身，漱石可以磨牙」，漱石以此為筆名取其頑固、怪異之意。

明治二十三年入東大英文系，由於學業成績優異，第二年免學雜費。明治二十六年為外國人教師J・M・狄克遜翻譯鴨長明的《方丈記》，頗受好評，一時有以英文創作文學與英國人一爭短長的野心。

明治二十六年七月大學畢業，擔任東京高師英語教師，從這時候起神經衰弱症嚴重，又有肺結核症狀，為克服心理的不安，到鎌倉圓覺寺參禪。明治二十八年四月，突然辭去高師教職，擔任四國松山中學英語教師。

明治二十九年與貴族院書記官長中根重一長女鏡子結婚。夫婦兩人關係一直處於緊張狀態，妻曾流產、精神歇斯底里，有投江自殺之舉。

明治三十三年，漱石三十三歲，以文部省公費派往英國研究英語。九月八日由横濱出航，十月二十八日抵達倫敦。到明治三十六年一月歸國為止的這段期間，漱石從英文學者轉為作家。因為不久他體悟到，「漢學所謂的文學與英語所謂的文學，到底不是同定義下可以概括的，是異類的東西。」以往試圖以英語創作和英國人一爭短長的抱負遭到挫折。漱石懷疑研究之意義，加上留學經費不足，家書稀少等因素陷入嚴重的神經衰弱狀況。撰寫《文學論》亦無法緩和症狀，到回日本繼小泉八雲之後，任一高教授，東大文科講師時，亦未見改善。

明治三十七年年底，受高濱虛子之邀加入朗讀會「山會」，執創作之筆，翌年一月於雜誌《杜鵑》發表《我是貓》，大獲好評，連續發表《倫敦塔》、《幻影之盾》、《草枕》、《二百十日》等展現旺盛的創作力。

到這時為止，有森田草平、小宮豐隆、鈴木三重吉、寺田寅彥、野上豐一郎、松根東洋城、坂元雪鳥等弟子聚集漱石身邊，形成所謂「漱石山脈」，地點在早稻田南町。漱石這時為應以文學為業或繼續擔任教職而猶豫不決。先有讀賣新聞竹越三叉，記者正宗白鳥邀其入社，但條件談不攏。明治四十年三月，東京朝日新聞社主筆池邊三山來訪，遂決定朝日新聞，於是婉拒東大教授職務，因為朝日新聞社的條件較優渥，生活得以安定。漱石在「入社辭」中說：「如果報社是做買賣的，那麼大學也是買賣。」《虞美人草》之後的作品，皆刊登於朝日新聞。

漱石負責的「朝日文藝欄」，成為反自然主義的大本營。

明治四十二年秋天，受滿鐵總裁中村是公之邀旅行滿韓，胃病加遽，翌年入院，八月於伊豆修善寺大吐血，徘徊於生死之間，即所謂「修善寺大病」。漱石拒絕東大文學博士學位，又讓社會震驚。

大正五年（一九一六）十一月二十二日，《明暗》執筆中胃潰瘍惡化，十二月九日於創作中長眠。

三、三浦雅士之見解

三浦雅士《漱石—文豪消失的童年和母愛》一書，主要是針對夏目漱石重要著（創）作的評論。不同於學者的研究論文，三浦氏文章夾雜漱石生平介紹，使讀來不覺枯燥。

三浦這本評論集的基調，認為漱石創作的根源是「不被母親喜歡的孩子」，如同有人認為川端康成初期作品的動力出自「孤兒意識」相彷彿。

《少爺》發表於明治四十年，以漱石任教松山中學的體驗為背景，描繪江戶子「少爺」教師富含正義的行為，是漱石初期的作表作。漱石以一星期時間完成，主題是勸善懲惡。這是一般的看法。

三浦指出，《少爺》這個書名，意味著阿清對少爺的無償、無私的愛。「少爺」遺傳自雙親的魯莽，從小盡做淘氣事，因此不被父母疼愛。母親病死的兩、三天前，少爺在廚房翻跟斗，肋骨撞到灶角痛得不得了，母親非常生氣，說：「再也不想看到你的臉！」少爺就負氣跑到親戚家。

這種不被人喜歡就走開的情緒表現也出現在任教四國中學時，三浦雅士認為，少爺「懷疑自己是否不被母親所喜愛，卻又對這種懷疑感到內疚，為消除內疚只要自己做出不被喜愛的證據，以將這種懷疑正當化」。三浦認為少爺的性格「複雜又奇怪」與一般認為少爺單純、直性子受人喜愛的看法大異其趣。

三浦認為《我是貓》依然是同樣的主題：「不被母親喜愛的孩子」，只是變化成各種型態不斷重複。具體而言，漱石以譏笑、自殺、瘋狂等和母愛一樣，建立在無法證明的立足點，建構《少爺》的世界。

在第三章拒絕上學者的孤獨，三浦談的是漱石受《七草集》刺激下寫下的《木屑集》和留學倫敦時撰寫的《文學論》。

三浦說明漱石進入漢學塾，即二松學舍的心境，以及在那裏研究的課程，諸如《唐詩選》、《孟子》、《史記》、《論語》……等，難怪漱石能夠寫漢詩文。而《文學論》，三浦認為只是「漱石的小說方法論而已。」

漱石先學漢詩文再轉唸英文，三浦認為無論《倫敦塔》或《幻影之盾》、《一夜》都是漢詩的擴大作品；而《草枕》是「漢詩中的漢詩」，瞇著眼睛看世界的一切都是美好的，「《草枕》的核心所在，正是這種思想。」

至於《虞美人草》，三浦認為寫的是「不為母親所喜愛的孩子的復仇劇」，當然愛與恨常攜手並肩或糾纏不清。至於漱石心目中的永遠女性是誰？雖然眾說紛紜，三浦認為無論是大塚楠緒子，或者嫂嫂登世都是正確的，因為「她們都回歸母親」。

《三四郎》、《從今而後》、《門》被稱為漱石初期三部作，「並非描述一個人的生長過程。主人公各有各的境遇，也各有各的性格。」初期三部作的潛在主題，再三重複的是「未察覺被愛之罪」以及「未察覺愛之罪」。三浦雅士對於「未察覺被愛之罪」文中有詳細且深入的剖析與說明；認為《從今而後》最傑出，是「沒有一處細節是不必要」的「完美作品」。

儘管漱石小說中表現技法有所不同，但三浦認為「不被母親喜愛的孩子」這根本主題未曾消失。《過了彼岸》是由〈風呂之後〉、〈停留所〉、〈報告〉、〈下雨日〉、〈須永的話〉、〈松本的話〉六短篇構成的，漱石自認為並未達成當初的「意圖」。三浦詳論《過了彼岸》與《從今而後》之間的關係，並指出六短篇中以〈須永的話〉最為精彩。

《過了彼岸》、《行人》、《心》稱為後期三部作，以《心》最為傑出。全書分為〈老師和我〉、〈雙親和我〉、〈老師和遺書〉三部分，前二部分可說是最後〈老師和遺書〉的伏筆，重點在這部分。前半（即一、二部分）透過「我」間接描寫老師，與後半的告白體形成對照，一般認為「老師」仿乃木希典大將之殉死，為「明治精神」而自裁，也藉此透露漱石身為明治人的心情。

三浦雅士認為《心》是漱石作品集大成者。但見解與一般不同，仍然沿著「不被母親喜愛的孩子」這條軸線闡釋漱石之《心》。

對於《道草》，三浦雅士雖然以孤獨的角度探究作品中人物的內心世界，但仍未脫離「不為母親喜愛的孩子」的主題。

至於漱石未完成的遺作《明暗》，「把所謂世間、所謂社會生動又精彩地描寫」，三浦仍然認為未脫離上述漱石一貫的主題。

四、結語

文學研究有內在，即作品本身，及外緣，即相關之社會、政治等研究方法。一般對於漱石作品常從外緣切入，闡明在世界文明進步中，漱石的焦慮與關懷，三浦士可說純粹從作品內部剖析，著眼於漱石幼時被送離家，一生與母親只有短暫的五年時光所衍生出來的「不為母親喜歡的孩子」的主題，儘管漱石以不同形式、技法創作多部作品，但始終未脫離這一主題。

不被母親喜愛的孩子《少爺》

漱石是一個不被母親喜愛的孩子。至少漱石如此認為。關於此事，只要讀《少爺》一書就可以明白。

遺傳自雙親的魯莽，自幼盡做些吃虧的事。這是《少爺》的開頭語。接著以清晰俐落的語調，開始敘述自己的淘氣事蹟。到底是多麼倔強的淘氣鬼呢？舉出四個有力的例子後，就認為因為自己魯莽的個性，所以「絲毫不得父親的疼愛，母親只會偏袒哥哥」——那有名的台詞就此帶出。

所謂絲毫不得父親的疼愛，母親只會偏袒哥哥，只要有兄弟姊妹的人，這種念頭大抵都曾浮現過。「對啊！我也是如此」，有這種想法的讀者應不在少數吧！我認為這是《少爺》能夠獲得眾多讀者青睞的理由之一。小孩在幼年的某些時期，總認為只有自己不被父母、尤其是不被母親所喜愛，至少也曾一度懷疑過。諸如朱爾斯．勒納爾（Jules Renard）的《胡蘿蔔鬚》（*Poil de Carotte*）、下村湖人的《次郎物語》，同樣都是以不被母親喜愛的孩子為主題的小說，也都曾暢銷一時。

不過，這種懷疑大抵立即被隱藏起來。雖然也有人想測試一下母親的愛，採取反抗態度，但是大部分都是藏在心中。難道自己不被母親喜愛嗎？這種懷疑對孩子而言，意味著死、意味著無。因為不受父母庇護，無法活下去。從旁觀之，連那種不曾為孩子著想過的母親，孩子也是無條件的一味信任。令人感到悲哀的信任。

縱使懷疑母親的愛，那懷疑也會被隱藏。

為何會這樣呢？其實是和所謂人的構造有很深的關聯。我們就以漱石為線索來思考，或以這件事為線索來思考漱石吧！暫且不去管漱石這位作家本人是否意識到這件事，因為我們得集中力量來思考。雖然會被反問潛意識到底在思考什麼事啊？其實漱石本人一再反覆說，人啊！就是會做那種事。這一點也很有趣。

母親臨終說的話

《少爺》中寫著：雖然不被父母親喜愛，長期使喚的女傭人阿清卻對他疼愛有加，「少爺、少爺」叫個不停，於是就把這稱呼當成小說的書名。

阿清疼愛少爺，疼愛的方式有些超出常軌。超出常軌的疼愛，則以滑稽的手法描寫。惡作劇被責備，會代替少爺向他的父母親道歉。四下無人時，總是誇獎少爺「天性耿直，真是好個性！」所謂誇獎，就是肯定這個人。也就是說，少爺不被任何人肯定，只有阿清願意肯定他。少爺本身，小說中以「我」出現的第一人稱，對於阿清這種愛的方式感到躊躇之餘，也完全沉溺於這種愛。書中如此敘述：因為她是一位有身份卻沒受教育的老太婆，也是無可奈何。所謂有身份，緣於阿清出身明治維新後沒落、原本屬於支配階級的士族。

父母親和阿清，對待少爺的迴異態度，頗令人玩味。若說是正好相反亦無不可，至少相當對比。若是借用少爺的說法，一方是受過教育的疼愛方式，另一方則是沒受過教育的疼愛方式，也就是理性的愛和盲目的愛。孩子在三、四歲前需要阿清這種疼愛方式，這種以愛為目的的無私之愛。言談中必須包含「只要有你在就夠了，只要有你在就是一件好事」般的慈愛，若非如此，則會讓孩子覺得：沒生下自己是不是比較好呢？

漱石曾有諸如此類的顧慮吧！從《少爺》中描述母親之死的小插曲就很清楚。

母親病死的兩、三天前，少爺因在廚房翻跟斗，肋骨撞到灶角而痛得不得了。母親非常生氣，說了：再也不想看到你的臉。少爺就跑到親戚家去住。住在親戚家的期間，母親過世了。盛怒時說「再也不想看到你的臉」，不過是表達憤怒的一種強烈措辭罷了。父母親對自己使用這種強烈措辭，任何人都曾有過這種經驗，可是無論誰都不會信以為真。少爺卻相信這種強烈措辭，丟下病中母親，只因「那麼，我就消失在你眼前吧」，逕自前往親戚家，絲毫不穩重。若被人家認為這是乖戾、彆扭的行為，也是莫可奈何。

因書上寫著沒想到母親會那麼快死，代表事實上他本人也如此認為。一邊想著若知道是重病，稍微乖一些就好的邊回家。這等於承認無論是舉止粗暴、還是惡作劇，都是為吸引父母親注意。回到家的少爺，被兄長指責為不孝。「因為害得母親早死的人就是你。」這讓少爺感到很委屈。因為相信自己是被愛，想確認這件事，卻適得其反而感到委屈。受不了這種委屈和悲傷，往哥哥的臉一拳揮過去，結果又受到責罵。

這一段寫得既有趣又可笑，我們也就輕快地讀過去。仔細思考，圍繞母親臨終時的事，其實頗為嚴肅。事實上，漱石自己就是因為住在親戚家，而無法見到母親臨終的最後一面。到親戚家而無法見到母親最後一面，是在事過好幾年後才寫出來。當然不是寫得很詳細，可是，心理上的類比自是可以想像。縱使很短，卻在《少爺》中把這種心理機微細膩地寫出來。

無論事實如何，這可說是漱石藉由少爺，把自己心理上對母親的執著寫出來。

阿清象徵「母親的愛不在」

這種對母親的執著，反而突顯那個和雙親正好相反的阿清女傭的形象。像阿清般的歐巴桑，說不定就在我們的身邊。或者說自己的母親也許就有這樣的一面，或許就是她的擴大吧！不過從中萃取乃至提昇到一個鮮明的形象，必得有相當的能量。其來源讓人不得不認為是作者對母親心理上的強烈執著，除了說是漱石對母親有心結外不作他想。

阿清對少爺的偏袒，延續到少爺長大成人。由於延續不斷，那種慈愛的本質非常明顯。若是少爺獨立買房子後，阿清也要一起過去。房子要蓋在哪裡？西式好呢？還是日本式好呢？少爺一說我不想要那些東西。阿清立刻就誇獎少爺有一顆沒有物欲的善良之心。阿清開口閉口都要誇獎我——少爺如此敘述。任何人都需要有這樣的人存在自己的身邊，特別是幼年時期。然而少爺的雙親卻非如此。因此，每當阿清的話一出，就讓人感覺少爺不得雙親疼愛，至少他本身作如是想。這讓人不得不說是作者對母親心理的執著，才會出現阿清這號人物。

阿清的存在，也是《少爺》大受歡迎的理由。誰都希望自己身邊有這樣一個人在，事實上，有人確實擁有這種好運道。很多人從祖父母身上得到如同阿清般的慈愛。沒有任何目的，只單方面付出愛而感到滿足。阿清的存在，直接連結到充滿溫暖、令人懷念的幼年時代。如斯的阿清形象，在日本文學中築起一個穩固的地位，其背後則潛藏著漱石本身對母親的執著，令人無法或忘。

就此意義，《少爺》這個書名，已經明示這部小說的構造。所謂「少爺」是阿清對「少爺」的稱呼，沒有其他人如此稱呼。大抵說來，一般年過二十三、四歲，沒人還在叫少爺吧！《少爺》這個書名，基本上就有些滑稽。甚至可說是令人不太舒服。儘管如此，滑稽的是小說的情節和語調，而不是書名。因為《少爺》這個書名，恐怕直接意味著阿清的存在、阿清對少爺的慈愛，也就是無償的愛、無私的愛。

反覆出現母親臨終的事

漱石是一個不被母親喜愛的孩子，至少他如此認為。只要讀過《少爺》就可明白，不過縱使引用少爺那句有名的台詞：「絲毫不得父親的疼愛，母親只會偏袒哥哥」，也不能斷言少爺如此，漱石也一定如此，小說和現實到底是不一樣。雖說漱石曾有遠赴松山中學擔任教師的經驗，無論如何，《少爺》到底還是小說，也就是編造的故事。也許有人會反駁這根本無法當作證據。

但是，若說少爺到四國赴任後的行動，歸根究底就是母親臨終時，少爺所採取行動的翻版，那就另當別論。調皮搗蛋惹得母親大怒，被責罵「再也不想看到你的臉」，於是「那麼，我就消失吧！」所以前往親戚家，就在親戚家時母親過世了，基本上就是這段小故事一再重複，這就反映作者本身的心結。

雖然《少爺》的梗概太有名，實在沒必要在此重複。不過，其中有個段落：專門學校剛畢業、二十三歲的少爺，前往四國的中學擔任數學老師，把圖謀一己之私的教務主任紅襯衫和百般奉承的盟友山嵐教訓一頓。

咦！這不是完全搭不起來嗎？其實不然。再沒有比這更符合「那麼，我就消失吧！」的心態。少爺痛快無比的大動作，事實上，就是從所謂「那麼，我就消失吧！」那種既是自命清高、也是自暴自棄的心態而產生，也就是從對母親的心態所養成的習性中所產生。

少爺抵達像是四國松山的小鎮，翌日和中學校長會面，一聽到那番訓誡的言詞，認為自己無論如何也做不到校長所說的那般，於是把委任書退回。因為校長要他當學生的模範、要以德服人等等。對於做不到校長所說的這些事而婉拒的少爺，校長眨眨眼笑著說：「現在是希望，我很清楚無法完全依照希望。」這和母親說再也不想看到你的臉，當真就前往親戚家，基本上是一樣。

接受母親話語的表面意思就是反抗。進一步而言，就是撒嬌。對於「再也不想看到你的臉」，早就了解到這只是一種強烈措辭。因此得知母親的死訊，才會邊回家邊自我反省：若是稍微乖一點就好。對於校長的言詞所採取的行動，也是同樣的道理。所謂我最討厭說謊，只是說給自己聽的話，這根本就等同自己全盤接受所有校長所宣告的話。雖說不認同有客套話和真話的差別比較高尚，社會卻建立在客套話和真話之上。頑強地遵從客套話，就是革命。講得誇張些，所謂原理主義性革命即為如此。縱使在明治維新，說到神國日本，就接受神國日本的表面字義，即是革命。少爺就是以這般態度來面對。而且這種原理主義者的立場，骨子裡暗藏希望別人接受真實的自己。

少爺認為，校長既然清楚無法依照希望達成，那麼一開始就不必說，這既是根本的批判，也暗藏革命理論。當真接受母親的話了！當真接受校長的長篇大論了！因為寫得既有趣又可笑，所以讓人輕快讀過；但除了說那種理論非常堅實外無他。

不！正因為是堅實的理論，才會讓人覺得既有趣又可笑，應該可以說把所謂的社會、所謂的世間的滑稽性突顯出來。

母親臨終是一個嚴重的問題。同樣地，把委任書退還校長，也是一個嚴重的問題。或許有人會說，少爺若有妻小，應該就做不出來這些事，由於無妻小才會這般做吧……不、不，正因為是少爺，縱使有妻有子，也許還是做得出來。也許會因意氣用事而犧牲妻小。讓人不得不認為，這種「那麼，我就消失吧！」的心態，已經深深侵入少爺骨子裡。若追究其原點，還是源自對母親的心理執著。

其實，若將校長和少爺並列思考，不知何者較為滑稽？少爺對校長那些禮貌性的辭令感到滑稽，讀者也頗能領略那種滑稽性，而且他立刻替校長取一個果子狸的綽號。然而，進一步以常識性來思考，當真接受校長的話才滑稽。漱石誇張地描寫少爺的癖性，令人感到滑稽的同時，也可以說無意識間與對母親的心理執著面對面、且表現出一種拚勁，確實表現得很認真。正因為認真而令人覺得滑稽卻有品格。也正因為如此才能引起讀者的共鳴。

對於小鎮和中學的被害妄想症

《少爺》這部小說，整體都在重複母親臨終時發生的事，而且不僅在表達接受對方言詞的表面意義而已。對母親心理上的執著，結果變成強烈在乎母親如何看待、評價自己。少爺異常地在乎學校的師生對自己的看法，事實上對於自己如何被看待、對待這點，實在反應過度，簡直可說是自我意識過剩。更重要的是，一直在重複母親臨終時發生的事。

大致說來，抵達那個好像四國松山的小鎮，才下了船，少爺就擺出要打架的架勢。渡船頭周邊是一個小漁村，少爺對此首先想到——真是捉弄人！這種地方我能待得下去嗎？而且認為，無論是誰，鄉下人就是愛瞧不起人。無論是小鎮、旅館還是學校都是一樣。在旅館由於不願被看輕，拿出大筆錢當茶水費。他宛如一隻刺蝟，不願被輕視的意識強烈，由於太強烈，以致果然被輕視。

那是因為誰也不願像阿清般對待自己，不！是理當不會如此對待，他就抱著這想法去對應每個人。他來到赴任的小鎮、任教的中學，一再重複表現出被愛是理所當然、以及不被愛的不滿。表現愈來愈尖銳，甚至具有攻擊性。從一開始就好像在大聲痛斥——哪能不被愛呢？我難道不該備受寵愛嗎？

原來如此，少爺正在敘述著正好相反的事。雖然很在意其他老師對於自己站上教壇的評價是好是壞，卻說自己對那些事毫不放在心上。對於別人如何看待自己，佯裝相當平靜。雖說和實際行為應該是完全矛盾，如此故作輕鬆的理由只有一個，少爺已經覺悟到，若無法在學校順利工作，立刻得前往他處。總之，他經常存有「那麼，我就消失吧！」這種意識。

反正，誰也不會如阿清那般疼愛我，對少爺而言倒也輕鬆。這好像可以說，因為已經準備好退路，所以完全不在乎人家的評價……不，恰好相反。正因為過分執著於評價，才準備好不知何時會消失的退路，因為他打算要讓「評價」這東西失去效用。

這就是所謂：「母親根本不愛我，不過愛不愛都無所謂，因為我有使其失效的手段」的理論。這種理論業已在少爺的內心頑固地發生作用，才致使他對學生狂怒。現實中的漱石並非如此、而是以身教去教育學生的吧！然而，他的內心無疑地暗藏著和少爺相同的理論。若非如此，無法寫出主人公無論在家、在鎮上、在學校一直在重覆同一件事的小說。

到蕎麥屋吃蕎麥麵而被稱天麩羅老師、在糰子屋吃糰子而被說是糰子兩盤七錢等等，又是在黑板上寫字、又是大聲起鬨，少爺因此對學生大發雷霆，不過一般說來，這是當事人具有吸引力的緣故，因為對方是從東京來的年輕老師。也許學生雖未當面恭維，卻非常喜歡少爺，至少無法否定這種可能性。這就像，拉拉自己喜歡小女生的頭髮、或輕輕往她的背後撞過去。但是少爺卻不如此認為，而認定所有學生都在監視我一個人。於是越來越感到不愉快。議論無用。總之，學生的行為全都出自惡意。少爺這般認定。冷靜想想，說這是被害妄想症也無可厚非。

複雜又怪奇性格的代表

當然，當時的中學生實際上盡是使壞也說不定。至少到明治中期，還不能說教育制度已確立。師範、高等師範開始整備時，並沒有教員考試。也不能說沒有中學生欺侮老師的惡質風潮。不過，少爺打從一開始就抱著深入敵陣般的心情踏入教室。這就奇怪了，因為把自己的知識分享給學生是教師的工作，縱使感到緊張，卻說是以深入敵陣的心情，怎麼說都是非常奇怪。

少爺的口頭禪是「江戶郎」。蔑視小鎮是鄉下，中學生是鄉下人。就是因為輕視人家，對於自己是否被輕視才會非常敏感吧！仔細思考後恰恰相反，由於太害怕自己被人輕視，才會一開始就先輕視人家。這就是所謂「被自己輕視的人看不起，根本就不痛不癢」的理論。

姑且不論這種理論的實效性，這就好似在被攻擊前就先備妥應對措施般，那無非就是重複說著江戶郎的理由。大抵上，會在鄉下自稱江戶郎之類的人，不會是什麼有出息的人，小說中綽號「跟班」就是一個好例子。少爺只是不愛奉承人而已，實質上對學生所做的事和「跟班」一樣，這麼說也是莫可奈何。

為何變成這樣呢？當然是漱石強調少爺的這一面相所致。總之，懷疑自己是否不被母親所喜愛，卻又對這種懷疑感到內疚，為消除內疚只要自己做出不被喜愛的證據，以將這種懷疑正當化，因此在無意識間強調少爺的那種面相。或說漱石在不知不覺中暴露出自己的這種面相。

雖然一般認為，少爺是單純、直性子及受人喜愛性格的典型，事實上卻很難說。在日本的小說中，少爺可是一個複雜又怪奇性格的代表。

親兄弟背離……

《少爺》於一九〇六年四月號《杜鵑》雜誌中發表。同書中也發表《我是貓》第十回。其開頭中，太太隔著紙門喊：「喂！已經七點啦！」而僅因為主人、也就是苦沙彌老師不予答應，貓就斷言，唯有這種人不受女人青睞。而且突然引用常磐津長唄對唱中「角兵衛」的詞句：「親兄弟背離，自然難獲形同陌路人之妓女的垂愛」，接著以此為根據，再斷言，連妻子都不愛的主人，當然不為世間一般淑女所愛。

這種理論上的跳躍，實在有趣。

若因睡懶覺不回應妻子叫喊的男人，就是不為女人所愛的話，世間大半的男人都不為女人所愛了吧！簡直就是謬論，不過暫且按下不表。問題在於所謂「親兄弟背離」的詞句何以會順口溜出來呢？理論上，縱使不為親兄弟所愛，也不致不為遊廓之女（妓女）所愛。同理，縱使不為妻子所愛，未必不為一般女性所愛，這種對應關係大致上可以成立。然而，不知為何作者在那時偏偏非得引用所謂「親兄弟背離」的詞句呢？因為妻子和兄弟有些不一樣，所以不會被認為妻子打算離開苦沙彌老師。這是故意提起來的吧！儘管如此，若說這是自然而然引出來的，那麼只能認定引出這種詞句的根源就在漱石身上。

那當然就是《少爺》開頭所描寫「絲毫不得父親的疼愛，母親只會偏袒哥哥」的境遇所致。漱石不為母親所喜愛，至少漱石本身如此認為。正因為如此，「親兄弟背離」的詞句飛快從腦海裡浮現，也顧不得文脈是否相呼應就寫出來了。

《玻璃窗內》所說的事

事實上，只有漱石不認為如此記載有何不自然。

不知如此的比喻是否適合？以《我是貓》為首，《少爺》、《草枕》和《虞美人草》，還有所謂前期三部曲《三四郎》、《從今而後》和《門》，後期三部曲《過了彼岸》、《行人》和《心》，加上《道草》與《明暗》，若把漱石這些主要小說當成交響樂的話，《夢十夜》、《永日小品》，還有《滿韓各地》、《往事種種》、《玻璃窗內》等的所謂小品，姑且稱之為弦樂四重奏。貝多芬自不在話下，即使對蕭士塔高維契（Shostakovich）而言，若說交響樂是穿著正式服裝的招牌作品，弦樂四重奏則是穿著家常服、觸動內心而來的作品。漱石的小品也有如斯之處。

在漱石逝世前一年所寫的最後小品《玻璃窗內》，如此的氛圍特別強烈，不經意地開頭反而直達內心的最深處。全書三十九章裡，特別在第二十九章之後可說是達到高峰。

漱石在第二十九章談到自己是雙親晚年所生的孩子，也就是所謂么兒。還寫著：生下自己時，母親說「這種年齡還懷孕真是難為情」之類的話，至今仍不時反覆談論。不僅如此，呱呱落地不久，就被送去當寄養子，雖然自己的記憶中根本不記得寄養家庭的雙親，長大成人後才聽說是一對買賣舊貨的貧窮夫妻。

這可說是一段頗具衝擊性的告白。

漱石在此之前，並非不曾談及自己的過去，卻不曾如此露骨地談論。母親懷有自己時說很難為情。不僅是難為情而已，生下來後立即送去當養子，對於當事人的孩子而言，怎會不受重創呢？這好似不小心做錯事才生下來的孩子。而且，這些事至今仍不時反覆談論。無論是不是在說笑，對孩子而言，如此反覆談論更是傷害。

然而，告白並非就此結束。

自己就和舊貨店那些亂七八糟的東西，一起被放在小竹簍裡，每晚暴露在四谷大馬路的店裡。漱石繼續說下去。有一晚，我姐姐不知何事恰巧路過發現，大概覺得很可憐吧！把我抱在懷裡帶回家，聽說我怎麼也不睡、整夜哭個不停，害得姐姐被父親狠狠罵一頓。

這真是令人揪心的事實。

小漱石終於從舊貨店回到家。然而幾乎在同時，又被送到新家去當養子。可是因養父家發生糾紛，又回到生父家。回到生父家，最初稱自己的生父母為祖父和祖母，也絲毫不覺有異。

漱石能夠寫出《玻璃窗內》之後，才能夠寫出以自己的過去為題材的《道草》，在書中描寫自己遊走於養父家和生父家，不屬於任何一家。大家都認為，這種孩子必定是乖戾又孤僻。

所謂養父家發生糾紛，是指養父在外有女人。漱石最初和養母離家一起生活，不久養父母正式離婚，被養父帶回去。養父再婚的對象，有一個比他大一歲的女兒。這無疑又對漱石的心理產生微妙的影響。總之，他是一個直到十歲出頭，都徬徨在家庭崩潰現場的人。要言之，漱石的幼少年期可說是在居無定所中度過。

所謂不坦率

「我絕不像一般么兒般備受雙親疼愛」——漱石如此寫道。這是由於我的個性不坦率、長期和雙親疏遠等種種原因所致，特別是父親的嚴苛對待，仍然殘留在我記憶中。縱使如此，當時從淺草搬回牛込的我，何以會感到欣喜若狂呢？而且任誰都看得出來那份表露無遺的喜悅。

漱石寫說自己不坦率以致不受寵愛，才不是這麼回事，這根本就倒因為果。其實，因為不被寵愛才會變得不坦率。生下來立刻被送去當寄養子，回到家後再度被送去當養子。養父家發生糾紛回到生父家，因為已經上小學，戶籍還留在養父家。也就是仍然出入養父家。恢復戶籍是在上大學之後的事。在此之前，他的姓氏並非夏目，而是鹽原。住在夏目家卻姓鹽原，每當意識到姓氏，必定就會感到自己好似玩具般被擺弄。在這種境遇下，除非相當遲鈍，怎可能會坦率呢？

即使漱石的腦海經常浮現「親兄弟背離」的詞句，也不令人奇怪。而佯裝「那麼，我就消失吧！」也絲毫不令人感到奇怪。正因為有這「那麼，我就消失吧！」的心態，《少爺》後半段懲處紅襯衫的打鬥劇才能成立。

若以圖表而言，紅襯衫的洋文學派是明治時代歐化政策的推動者，相反地，漢文學派的山嵐則是要拉回江戶時期的反時代者。紅襯衫才是潮流的趨勢。之所以要收拾紅襯衫，就某種意義，是身為洋文學派的漱石所作的自我批判。試問紅襯衫以誰作為模特兒呢？松山中學的文學士只有一人，那就是漱石本身。因此自己就是模特兒，漱石在後來的演講「我的個人主義」中如此敘述。簡單來說，無論少爺還是紅襯衫都是以漱石作為模特兒。以這種方式鮮活地描寫時代，並充分展現漱石罕見的才能，不過比這更重要的，則是容許少爺的自由行動，也就是「那麼，我就消失吧！」的心態。

早《少爺》幾個月前發表的《我是貓》第七章中，貓敘述主人、也就是苦沙彌老師的頑固，已近乎病態。依據貓的說法，想治癒這毛病只有一個方法，就是請求校長予以免職。若遭免職，不知變通的主人一定會走投無路。走投無路必然會死於荒郊野外，主人最害怕死，若以免職來恐嚇主人，顫慄之際，主人的頑固毛病必定不藥而癒。

我認為，漱石給予少爺相當的特權。只要出現抱怨，隨時都可辭職的立場，這是不待貓指明的特權。也是苦沙彌老師等人所沒有的特權。如此被賦予特權，正是漱石想描寫的。因為那對他自己而言，是想確認所謂不被母親所喜愛，到底具有何種意義？

那當然不會有明確的意識吧！也不會從《少爺》中得到闡明。不過是單純地將執著表現出來而已。然而以這個不被母親喜愛的孩子為主題，對漱石而言卻是極為重大的事。在《我是貓》中，依然是同樣主題，只是變化成各種型態不斷重複，這是非常明顯。

棄兒和棄貓

讀過《玻璃窗內》觸及漱石出生的祕密後，回頭再讀《我是貓》，湧上心頭的感覺就不一樣。譬如從小說的一開頭就讓人有所感觸。

「我是貓，還沒有名字。」——這是小說開頭的第一行。

然後，「完全不知自己出生在什麼地方」，接著「依稀記得正在一處陰暗而潮濕的地方喵喵叫著的時候，被一個書生——後來聽說這是人類中最猙獰的種族——抓在手裡，好像丟鏈球般拼命揮舞後，往遠處丟出去。」經由貓的眼睛，描寫被丟棄的場面。

主人公是一隻棄貓，亦即棄兒。故事就從一個不知父、不知母的棄兒開始說起，這件事在讀過《玻璃窗內》後，讓人有種異樣的沉重感。

不僅如此。描寫的情景，無論怎麼看，與其說是丟棄，不如說差點就被害死。雖然貓是被丟棄在竹林裡，其實書生原本好像是要將牠丟到對面的池子。總之，這隻貓可說九死一生。我們可以如此認定。認定漱石把感情移入貓身上。不！漱石選擇一個可以感情移入的對象，只有九死一生的棄貓才可以，其他就不行了！因為漱石對這種事有切身之痛。

儘管如此，其中並不帶感傷。漱石是一個不為父母所喜愛的孩子，無疑自認近乎棄兒，然而卻不因此沉溺於感傷。想偷偷詢問何以不會如此的背後，到底有什麼含義呢？那就是貫穿《我是貓》中的「笑」所持的意義。

看起來貓，對自身的遭遇甚至還挺快活，那也是漱石本身的矜持。為自己近乎棄兒的遭遇而悲哀，卻不沉溺其中，也不打算以此引起讀者的同情。相反地還推開感傷的自己，呈現不感傷的一面，打算以鮮明的所謂「自己的結構」作為質問的對象，然後以笑來呈現。

所謂自嘲

在《我是貓》中，主人的職業是教師，從學校回來後就整日關在書齋裡。家人認為他是一個愛讀書的人，他本人也希望給人這樣的感覺。然而實際上並非如此。他經常都在睡午覺。由於胃病膚色呈淡黃，卻很能吃，而且在吃過藥後就翻開書本。讀個二、三頁，就昏昏沉睡，睡得口水都流到書本上。這幾乎就是主人、也就是苦沙彌老師每晚必重複的日課。依貓的觀察報告，當教師實在輕鬆。

貓就是作者的分身，自不在話下。雖然作者把九死一生的棄貓看成是自己，那隻貓卻不斷譏笑令人不得不聯想到作者的苦沙彌老師。換言之，作者是把自己當成笑柄，甚至把一般認為嚴重的問題當成笑柄。譬如當成笑柄的胃病就是一例。貓對主人的描述中，工作和胃病的報告幾乎同等比重。對當事人而言，胃病並非可以一笑置之的問題。

只要工作處於任何形式的危機狀態，漱石的胃病就會惡化。好幾次因此瀕臨死亡，最後也因此病而死，若說漱石和胃潰瘍並存也無不可。竟然連這個病都可以拿來當為取笑的對象。

事實上，漱石對於自己的胃病，並不認為是單純的胃病。他認為根本就是自己內部的某種象徵，可以作這樣的思考。

譬如在《玻璃窗內》第三十章中敘述，對於人家詢問病情，總是不知如何回答而詞窮，每次碰到這種情形，只好回答好歹還活下來了。對方卻無法釋然，說是常常復發的話，不就是表示原來的病還在持續中嗎？這個持續中的說法，讓我頗為認同。從此，我不再說好歹還活下來了，改答說病還在持續中。

令人感到有趣的還在後頭。漱石認為，持續中的恐怕不僅是病吧！我所不知道、甚至連自己都未察覺，潛藏在人內心深處的持續中的東西，可能有好幾個吧！反正每個人不都是各自抱著自己在夢中所製造的爆裂彈，毫無例外的邊談笑邊往死這個遙遠的地方走過去的嗎？然而，抱著什麼東西呢？因為別人不知道，自己也不知道，所以很幸福。

胃病，成為在身心中持續的東西的表徵。

其實，這顆在夢中製造的爆裂彈，很容易和「懷疑自己不被母親喜愛」這件事連結，不過可能會被指責未免太過唐突吧！《我是貓》無法像《少爺》一般。作者、還有被認為是作者的苦沙彌老師，無疑地對棄貓都有過度的執念，僅是如此而已。既沒有母親、也沒有阿清。四處橫溢的只有笑、自殺、瘋狂，沒有所謂不被母親喜愛孩子的主題。不過，若是笑、自殺、瘋狂的主題，和不被母親喜愛孩子的主題有共通性的話，則是另當別論。

所謂笑是什麼呢？

一般都說動物不會笑，只有人類才會笑。恐怕也是如此吧！只有人類才有的特徵——笑，自古就有許多的說法。漱石晚年所喜歡的柏格森（Henri Bergson）也有關於笑的著作。但是，最有說服力還是多位動物行動學者所謂「躲避恐怖的瞬間也會笑」。譬如，經常會以「不見了、不見了，哇！」這種把臉一隱一現地逗小孩的躲貓貓遊戲來逗幼兒笑。所謂「不見了、不見了」，就是不在的恐怖，「哇！」就是解除恐怖後帶來的笑。總而言之，恐怖和笑只有一線之隔，或說哭和笑只有一線之隔。其實，「恐怖」和「放心」間不容髮，從懸空到著地的瞬間，人們會笑。相反地，人們也會以笑，來將半信半疑的世界強拉到製造出的著陸點。

大人和小孩都一樣。笑的背後潛藏著恐怖或不安。恐怖或不安的源頭，藉由從某種狀況移往上個次元或異次元，也就是在這個狀況中以某種形式的相對化，來解除恐怖或不安，人們會笑出來。

如眾所言，拿來當笑柄的往往都是極為重大的事。大抵上，人生的大事都可能成為笑柄。所謂笑和恐怖只一線之隔，有個極有力的理由，即在自嘲的場合時，這種笑謔也就更為明確。漱石的情形，很明顯的就是如此。最引人發噱之處無非是開頭的殺貓場面，還有結局貓的自殺，也就是貓喝醉酒，以致溺死，讓人想起李白的醉生夢死。這些描述毋寧都是慘澹的場景。

在《我是貓》第六章裡，迷亭說：苦沙彌君！也許你還記得，在我們五、六歲時，有人把女孩當成南瓜一般放到竹簍，用扁擔挑著邊走邊叫賣，記得嗎？原來迷亭大約六歲的時候，和父親一起走在靜岡的街道上，碰到一個販子大聲叫賣，「女孩喲！要不要買？女孩喲！要不要買？」一看才知道，他的前後竹簍內各放著約兩歲左右的女孩。雖說有些低級趣味的誇張，讀過《玻璃窗內》中，漱石敘述自己幼兒時期被放在小竹簍裡，每晚暴露在四谷大馬路的店裡，笑裡頭不免帶點複雜的情緒。因為漱石好像在譏笑棄兒的自己。

後來，漱石在最後的一本小說《明暗》中，讓登場人物小林說出，「縱使被譏笑也要活下去」，一方面又讓主人公阿延回答，「與其被人譏笑，乾脆死了算啦！」若無法讓這個重要的伏筆栩栩如生，漱石應該活不下去。在人的世界裡，笑具有強烈破壞力、創造力。世間上，人是否被認同為人，都以笑來表示。雖然能以具有強大力量的笑來面對自己本身的就是人，然而被譏笑的自己和笑人的自己，到底哪一個才是真正的自己呢？或說，笑著的自己，在當下到底如何自處呢？

這個質問，正說明笑和自殺問題是接踵而來。

《我是貓》的主題就是自殺

《我是貓》的一個重要主題，顯然就是自殺。從頭到尾隱約可見自殺的主題。從第一章描寫棄貓開始，第二章則是由迷亭談起「懸頸之松」。說什麼任何人只要一到這棵松樹下，就會懸頸而亡。那個最愛誇大其詞把大家搞得一頭霧水的迷亭，因而引出威廉・詹姆士（William James）的「潛意識下的幽冥界」，結果成為怪談大會。接著寒月說起自己的經驗，雖說是被遠方的聲音吸引才會從橋上投身而下，不過他原本就打算跳入河裡，才會從橋正中央一躍而下。雖然這些都是假借落語的形式帶出來，但是「不把現代人的自殺當話題才奇怪」這個前提，不可以輕易漏看。

第三章裡，「上吊的力學」成為話題，不過自殺這個詞倒未直接上場，而是以談論死和瘋狂中潛藏著自殺的主題。到末尾的第十一章，大致上可說是從正面、半開玩笑地談論自殺。

依照苦沙彌老師的說法，自殺的研究遲早會進展到科學的境地，自殺學將會取代倫理而成為正式的學科。迷亭接受這種說法，還說青年人要把自殺當成首要注意的義務，既然己所欲要施予人，自殺的更進一步展開就算是他殺也可以，特別像苦沙彌老師活得如此痛苦，早些把他殺死，更是諸君的義務。

當然啦！苦沙彌就不必說了，就連迷亭、獨仙，也都表現出漱石的某一面相。順便一提，這些論點無論東洋還是西洋，自古以來就存在，而且歷久彌新。對於苦沙彌和迷亭的一問一答，無怪乎作為評審的山羊鬍獨仙，會提出「說是開玩笑也是開玩笑、說是預言也是預言」的這一番話。也就是既然人活得那般辛苦，到底有何理由要活下去呢？甚至還說，若這些話題變少，時代就危險了。難道人……不，人類是不是忘記最重要的事了？

獨仙是一個對追求真理不夠徹底的人，因為被眼前的表象世界所束縛、而把泡沫的夢幻認定為永久的事實，一把話岔開，立刻又成為玩笑，縱使是二十一世紀的現在，譬如環境問題也罷、能源問題也罷，總覺得有什麼更重大的問題被遺忘了。如今被認定是永久事實的泡沫夢幻實在太多了。若能夠讓獨仙再活一次，恐怕他會如此說吧！

貓認為，若依照諸位先生的說法，人的命運終歸於自殺。如此一再重複，《我是貓》的結尾，以貓的自殺為閉幕。整部小說的一貫主題，確實就是自殺。

自殺之不可能性和不可避性

雖然，有關自殺的方法寫了很多，非自殺不可的理由卻絲毫不提。諸如，因為世界不合理、人生無意義……等，這些事都不寫。宛如只能說選擇自殺是必然性。在漱石的腦海裡，難以將人的命運終歸自殺的想法抽出，活著就是痛苦的意識極為強烈。

這仍然是因為背後懷疑自己不被母親喜愛、自己沒出生就好所致，然而他和那種不被母親喜愛、所以選擇死之類的市儈言情小說，其中以自殺為主題的層次完全不一樣。縱使暫且暗藏其中，理論上大概也是毫無關聯。

自殺的理由之所以不被寫出來，因為不管什麼理由都無所謂。也就是說自殺是問題，理由不是問題。要言之，只因為自殺是人的意識之必然。人會笑，就如同會自殺般，更極端地說，人會呼吸，就如同會自殺般。人有可以自殺的結構這件事，才是壓倒性的重要。

有關自殺，確實只能如此思考而已。

人的自殺有各種理由。為生活所苦、失戀、被欺侮，此外還有非做不可等等的理由。但是，這種情形下人好像為生存才自殺。因此，解決人生的問題後，就可以停止思考自殺。因此，打算自殺的人是站在自己人生舞台的觀眾的立場，來命令自己這個主角去死。

縱使如此，從這裡也突顯人類的驚人特性。所謂觀眾的立場，對當事人而言是一件永遠的事。

小學生輕易就說要自殺。自殺宛如家常便飯。因為他們認為縱使自殺，所謂「自己的現象」仍然持續。這就和古人認為死後可以立即投胎轉世一樣。不！也許和現在一樣。透過報紙和電視新聞等媒體，都可以看到人們異口同聲說要為死者祈求冥福。誰也不覺得這是捏造的。既是如此，至少在正式場合認同不但有冥界、也有冥福。事實上，大多數的人類現在也是宗教的信徒，因此人類全體對於神和冥界的有無，一如往昔仍持半信半疑的態度。

自殺，不僅顯出人、就連人類社會的不可思議的結構也浮現出來。自殺就是自己殺死自己。那麼，被殺的自己和殺人的自己，到底哪一個才是真正的自己呢？當然！所謂自殺，就是殺死「打算殺死自己」的自己，原理上應該是不可能。儘管如此，人還是自殺。「人」！只能說所謂「自己」，就是一個他者。

自殺的結構，和人可以將自己當成笑柄的結構，基本上並無差異。當人考慮自己時，幾乎會想到自殺。自殺和所謂自己的結構，有著不可避免的連結。

《玻璃窗內》的母親

自己殺死自己，原理上是不可能。儘管如此，自殺是因為將自己置於他者的腳色得以成立。這種理論，若把殺人換成笑，也一樣行得通。《我是貓》中，之所以充滿笑料和自殺，貓和苦沙彌老師就不用說了，因為作者除了迷亭外，還支配好幾個分身、也就是他者。若說，《我是貓》是「所謂自己的他者饗宴」，也無不可。

然而，這個他者到底從何處而來呢？除了從母親而來外不作他人想。對人而言，最初的他者，無論怎麼說都是母親。從母子未分狀態開始、從母親注視自己的視線中感受到自己的存在，才有自己的產生。只能如此思考。

漱石最初的他者──母親──又是如何被描寫呢？

在《玻璃窗內》第二十九章裡提及出生祕密的漱石，在第三十七章、第三十八章中再次談到母親。全書總計三十九章，漱石給人的印象是有些躊躇，在結尾卻下定決心想把話說清楚。

漱石寫道，調皮又倔強的我，絕不像世間的么兒般備受母親的寵愛，然而家中最疼愛我的還是母親，對母親的親密感一直都留在我的記憶中。愛憎另當別論，母親確實是一位有氣質、又令人懷念的婦人，任誰看來都好像比父親睿智。

接著提及睡午覺作惡夢，鼓起勇氣呼叫母親，才又香甜地睡著的往事。雖然這點也很重要，不過他又說：我做出的事，全都是夢呢？還是半真半夢呢？至今還很懷疑。之後一整段裡，漱石持續著那種半信半疑的態勢給人很深的印象，這點更為重要。

整體而言，表面應該是要營造慈母的氛圍。但是說到「母親懷孕時覺得難為情」，又讓人知道他一生下來立刻被送去當寄養子，回到家後又被送去當養子的經緯，再也無法讓人對慈母的說法照單全收。

當然！漱石應該沒說謊。《玻璃窗內》最後的三章的確是真實的。而且事實應該也是如此吧！

只有一點不一樣，那就是漱石長年來並不真的這樣認為吧！讓人覺得他直至死前的階段，才同意因就現實來接受事實。

雖漱石說愛憎另當別論，卻又說這個夢是真？是假？至今還很懷疑。這兩句語帶保留的話非常重要。因為這顯示執著之強。

母愛無法證明

這是理所當然的事，因為根本是不爭的事實。爭之也無意義，而且沒完沒了。最重要的事，並不是現實裡漱石的母親是否愛漱石，而是漱石懷疑母親是否愛自己。這個疑問漱石幾乎終生揮之不去，甚至還非常清楚地延續到《玻璃窗內》。

因為母親對孩子的愛，原本就無法證明。愛無法證明，只能夠解釋。無論多麼完美的母親，也無法逃過「是否真正愛孩子」的質疑。知道逃不過質疑的母親，就認為自己確實深愛子女。其實，無論看起來多麼有愛心的母親，只是以自戀的延長來愛自己孩子的例子，比比皆是。

倘若問任何一位母親：「妳愛不愛自己的子女呢？」恐怕大部分的母親都會回答：「愛啊！」若進一步問：「難道不是妳自己的認定嗎？」大部分的母親一定會辭窮。因為沒有「並非如此」的否定原理的依據，簡單就能說出執著、留戀，或者好惡。有關愛，卻無法說得清楚。毋寧說，心存不安的人就是母親本身，還來得恰當。

若是母親的愛無法證明，不被母親喜愛應該也無法證明。總之，雖然少爺說「絲毫不得父親的疼愛，母親只會偏袒哥哥」，也許不過就是少爺的自以為是罷了。愛無法證明。事實上，無法證明這件事，就成為所謂不被母親喜愛孩子的主題的核心。正因為如此，才會讓譏笑、自殺和瘋狂趁虛而入。

其實，在母親死去之時，也就是滿十四歲、中學二年級時，漱石面對的就是這個問題。若是任誰看來，自己確實不被喜愛的話，反而不成問題。如同《玻璃窗內》所描寫，看起來彷彿帶著深厚的情感。可是卻不明白為何自己一生下來，就被送去寄養、隨後又被送去當養子的理由。這一方面才是大問題。

不僅如此。所謂母親說這種年齡還懷孕、真是難為情之類的話，她當真如此說過嗎？縱使果真說過，又是在何種情形下說的呢？事實上全然不知，也許只是兄姐對家中的老么（漱石）半打趣的閒聊。

「那麼，我就消失吧！」的理論

「若沒生下你的話……」，母親不小心說溜嘴的一句話，徹底傷害孩子的心，這種事至今仍在。對母親而言，不過是一瞬間在想像一個不可得的人生而已，對孩子而言，則是全然的否定。因為若沒生下自己就好了。

漱石從懂事的同時，就陷入這種半信半疑的狀態。或者如《道草》一書所描述般，也許是從養父母對自己的不自然執著才開始懷疑。漱石寫著，養父母執拗地詢問他，你的父親是誰？你的母親是誰？縱使說出讓人滿意的答案，還要反覆詢問，你真正的父親是誰呢？叫人不可能不產生疑問。經過這種試煉後，漱石回到有如祖父母般的生父母身邊。

然而，生母成為母親，正值幼小心靈的感覺時期，無疑地更進一步讓這個神經過敏的孩子產生「存在根本的動搖」的大哉問，為何自己不能在生母身邊長大的疑問？

生母把自己送出去，難道不是不愛自己嗎？幼童如此懷疑著。自己不在這裡是否比較好呢？不在這世上是否比較好呢？不被母親喜愛的孩子會想到自殺，自是理所當然。因為這個疑問，而出現「那麼，我就消失吧」的心態，問題則在於這個「那麼，我就消失吧」的心態結構。

所謂「那麼，我就消失吧」的時候，說「我就消失吧」的自己，其實並非自己，而是從屬於自己心中母親的自己。所謂「我就消失吧」，是從母親的立場來判斷是否自己不在比較好呢？完全不是以自己的立場來判斷。

所謂「那麼，我就消失吧」，不是自認為自己不在就好，而是抽離自己，以母親的立場來發言。邊說「那麼，我就消失吧」，那時的自己努力擠到母親那邊，結果卻什麼都不是。僅有負面的存在。

乍看之下好像很奇特，仔細思考則絲毫不奇怪。認為自己不被母親喜愛的情形，事實上因這個危險的翻轉而成立。

自己不被母親所喜愛、不被母親所需要的懷疑，自己才可能化身為母親。這是非常重要的事實。也就是原本的自己，漸漸化為母親之身才可以成立。

所謂主體性即是可以遊戲

任何人並非一生下來，就有「我」的意識。從接受最親近的他人的眼睛、也就是母親的眼睛看到的自己，才知道自己是自己。只要思考幼兒的第一人稱，就很容易明白。不管是叫小金，還是叫金寶，幼兒最早會把人家對自己的稱呼，當成自己的東西稱呼自己。

所謂自己，就是從最親近的他人的眼睛看到自己，縱使生命體會有歸結，那個歸結必然就是自己，但是這個歸結卻不是自然而然可以產生的。因為有他人的眼睛才有自己，一般而言，那個他人的眼睛是最親近的養育者，也就是母親。

若把進入母親視點當成自己的過程，才會有自己的出現，所謂自己就成為他者，或者說他者就成為自己。這可一點都不奇怪。若非如此，就無法玩遊戲了。小貓和小狗經常在玩，卻不是玩遊戲、不是在爭輸贏。只有人可以玩遊戲，而且在意輸贏。

遊戲之所以有趣，在於可以站在對方的立場來思考。譬如可以繞著圍棋棋盤或象棋棋盤自個玩、或者可以接續著玩。贏了高興、輸了不甘心，也能夠以對方的視點來看自己。總而言之，若不能夠隨即更換立場，遊戲就無法進行。

有所謂主體性的語彙。這就是堅持自己的立場，而堅持所含的另一個意義，其實就是任何人隨時都可能跳到任何人的立場。如同語言若不能更換，就不能稱為語言。所謂主體，選擇一個立場，就得持續站在那個立場。正因為可能背叛，就意味絕不背叛。總之，所謂遊戲，就是自己隨時都要保持白紙的狀態、誰都不是的狀態，人的主體性才存在。

當人站在對方的立場，也就是化身為面對面那個人存在，這就是遊戲能夠直率地顯示出人的本質，事實上不僅是遊戲而已。就是會話、進食、性交，也全然相同。其實，不如說會話、進食、性交，對人而言都是一場遊戲。

為何鏡中會是左右相反呢？

面對面如何看到人的本質呢？想一想照鏡子的情況立刻明白。照鏡子時，上下不會反過來，為何左右會相反呢？這個問題經常在智力測驗時會被問到。其實，這件事很簡單！因為這是人在瞬間會化身為眼前所面對那個人的緣故。身體已經把面對面那個人的右邊當成左邊、左邊當成右邊而反應出來。縱使在鏡中看到自己，不認為那是單純的映像，瞬間判斷為自己與自己面對面。因此發現左右相反時會感到疑惑。對人而言，面對面是如此重要。

左、右問題的底層非常深奧。最終就是宇宙時間的進行方式，那種時間的進行是單方向的流逝，這些暫且按下不表。簡言之，人已經把這個深奧的左右問題，提昇到文化問題。不光只是遊戲，無論是會話、進食、性交，左右問題也具有決定性的重要地位。

左、右因臉和身體往哪個方向而決定。總之，面對面的對象為什麼會那樣呢？全因相對的動作而決定。如何面對面呢？往哪個方向前進呢？這正是主體性的問題。

不清楚左、右，就沒有所謂的主體性。三歲小孩就算把照片上下顛倒，也立刻認得誰是誰。過了三歲後就懂得上下，若是顛倒，反而認不出是誰。懂得左、右，也是從這時期開始。這時期開始習字，而且經常會寫出左右相反的所謂鏡文字。6和

9弄錯，ち和さ也弄錯。就幼兒的位相幾何學而言是極為自然的事。文化使得我們認知那是錯誤，也有了方向意識。所謂人類是用眼所見來學習的動物，而此舉支撐著文化的根基。

人可以化身為眼前所面對那個人的存在，可以隨時改變方向、左右相反地存在。那是人的條件，也就是文化。舉例來說，貓不僅變不成狗，大概也不會想變成狗吧！然而，人不一樣。就像想成為一個偉人般，無論是貓是狗，有時甚至可以變成山、變成河。而且也希望能夠如此。所以才寫得出小說。啄木之所以會吟出「面對故鄉的山，無言以對」的詩句，因為人有如此的文化根底。這不是在開玩笑，人甚至可以成為神。

和人最初面對面的通常是母親。孩子站在母親的立場，母親喊出的名字，就是一個他者，實際說來是有可能的。要言之，成為可以變成任何東西的空白，把這狀態當成自己來接受、作為一個稱呼來接受。在過程中，幼兒會興起玩扮家家酒的念頭，也是理所當然。

當然啦！並非每個人都是在期待下出生。等到自己察覺時，已經在此處成為這種狀態，也就是已經被如此稱呼了。也許有人會反問，難道不能選擇立場或什麼的嗎？不過，那時所謂的自己尚未存在。人反覆聽著被眼前的人所呼叫的名稱，才成為一個人。反覆朝向那個呼叫的方向，就是自己。那就是所謂「自己的結構」。

問題在於，掌握這個結構後，也就是成為自己後，人就把那些經緯忘得一乾二淨，重新又問起所謂自己是什麼呢？大約是在思春期。漱石的情況，還要加上自己是否為「不被母親喜愛的孩子」這個進退不得的問題。因此，不得不重新追溯所謂「人的結構」的源頭。

人的結構和自殺

《道草》是以從英國回國後在東京大學執教鞭之餘，執筆《我是貓》和《少爺》之時的漱石以自身作為模特兒的作品，在第九十一章裡，「現在的自己是怎麼形成的呢？」這一行字確實給人很深的印象。雖然有人會有「為何被生在這世上呢？」的疑問，可是「現在的自己是怎麼形成的呢？」給人的印象更深刻。

會發出如此疑問的作家很罕見。持有如此視點的哲學家也很罕見。人大抵都是從自己出發，漱石卻對應該是出發點的自己這東西，認為不知從哪裡形成的。這和其他人的出發點是不一樣。

倘若《道草》一書中的敘述，正是完整忠實呈現當時的漱石的話，《我是貓》和《少爺》的背後，令人不得不認為也潛藏著「現在的自己是怎麼形成的？」這個疑問。

貫穿《我是貓》的自殺主題，無疑正是這個疑問的一個呈現。自殺的主題正如上述般，玩味所謂自己這東西的結構，值得注意的卻是這個結構、特別是因自殺這個行為被浮現的結構，和面對母親而出現「那麼，我就消失吧」的結構極為相似，不！簡直就是一模一樣。

說出「那麼，我就消失吧」之時，自己無疑是站在母親希望如此的立場而說出此話。站在母親的立場，對著自己下此命令。總而言之，無論同不同意，暴力般佔據母親的立場。自顧自地解釋母親的心思，自然就會下斷言就是這樣子！因這斷言而放逐自己。這就是所謂「自己」這東西的形成，追溯形成的方式，追溯的原始可以等同是凌辱。

自殺也是一樣。自殺的本質是暴力，未必就是指自己殺死自己這件事。毋寧說，其背後隱藏著「全人類都可以滅亡，應該滅亡」的理論。那是在身體暴力之上，屬於精神暴力的層面。在物質暴力之上，屬於語言暴力的層面。

而且不得不思考的，則是自殺當事人的意識，那並非現實的時間，而是屬於永遠的時間。

若問被殺的自己和殺人的自己，到底哪一個才是真正的自己？因為殺人的一方是主動，所以殺人的才是自己。如此一來，殺死自己的自己是屬於超越自己，或說成被規範的一方。總之，超越自己的生死，就是屬於永遠。被殺的自己是人際關係亂七八糟的有限身體，殺人的自己卻屬於永遠。

死亡的皆是他者

有所謂會死的肉體和永遠的靈魂，靈魂這個語彙並非用來裝飾門面才想出來的。他者的他者就是所謂自己的結構，是不會死的。至少只要人還繼續存在，結構就是永遠之物。從描述中浮現的所謂「漱石的結構」，就是永遠之物。這意味著語言是屬於永遠的領域。

《玻璃窗內》第二十二章寫道，有個友人認為他者的死是理所當然，只有對自己的死無法想像。因為結構中的自我意識是不會死的。這和小學生認為縱使自殺，所謂自己的現象仍然持續的想法是一樣。

這也是自古以來就有的說法，人無法體驗死亡。因為在死之前，任何人都是活著的。雖然是對死的一種自相矛盾的理論，在《我是貓》中也出現這個問題。第十章裡，有一幕妻子、姪女雪江和苦沙彌老師談話的場景。保險業務員來拉保險，苦沙彌老師對業務員說，自己並非認為保險沒有必要，但是只要不死的話就沒必要加保，還堅持說自己決定不死，所以不參加保險。若是未曾對自殺深思熟慮過的人，大概不會做出如此的回應吧！

所謂人壽保險，其實也是一個自殺問題。人在考慮自己死後的事，才會加入保險。好像任誰都是經過理性思考才決定加保，其實恰好相反。理性而言，自己死後的世界是否存續，根本無法決定。即使如此，為何還加入保險呢？因為大部分人都相信就算自己不存在，世界依然會存在。這種信心到底屬於什麼呢？事實上，人壽保險就是信仰問題。

當然啦！也可以說人既有推理性、又有想像力。然而，現實裡既不需有推理性、也不需有想像力，很多人就理所當然地參加保險。加入保險的人，就是相信超過自己界限的自己還會活著。超過自己界限的自己，到底又是什麼呢？

所謂自己，並非自己才是自己，卻還有很多不是自己的人。我認為漱石是如此思考。人壽保險的一席話已經呈現出這樣的事實。

苦沙彌老師的瘋狂

貫穿《我是貓》整部書的主題就是自殺和瘋狂。

所謂不被母親喜愛孩子的主題，當然是植根於極為隱私性的漱石本身出生的祕密，但是漱石把它提昇到所謂自己的結構的一般性問題，換成瘋狂也是一樣的。因為如此，自殺成為一貫的話題。漱石認為所謂自己的結構、身為人的結構，緊鄰著瘋狂。

譬如對著保險公司的業務員說自己絕不會死，所以不參加保險的時候，就一般世間的眼光看來，苦沙彌老師無疑是一個瘋子吧！因為沒有人不會死。然而，縱使可以想像所謂自己的現象歸於無，卻無法想像自己的死和一般世間的死一樣，倒也是事實。拘泥於這種實際感覺的苦沙彌老師，結果只能自問難不成自己瘋了嗎？

不過這卻是一個不可能證明的問題。是正常還是瘋子，無法由自己決定。只能委由他者來判斷。話雖如此，他者也是一個一個的自己。在《我是貓》的第九章，苦沙彌老師只好把自己的鄰居一個一個數出來。

首先，就是那個排斥西洋積極主義、提倡東洋消極主義的八木獨仙。雖然那種哲學頗具魅力，依據迷亭的說法，卻是偉大的瘋狂。無論如何，弟子中的一人——天道公平、也就是立町老梅已經被收容在精神病院。雖然迷亭的燕尾服伯父很怪、可是寒月也怪、當然迷亭本身就很怪。金田的妻子偏離常識，能夠和這種妻子廝守的金田本身自是非凡，所謂非凡就是瘋狂的別名。這麼一數下來，大致的人都是瘋子的同類。根據事實說來，也許社會就是一群瘋子的聚集。

如此一來，關在精神病院的人才是正常人，醫院外喧鬧的群眾反而是瘋子。瘋子若是孤立，到哪裡都會被當成瘋子，集結成團體而有勢力後，也許就會變成健全的人。大瘋子濫用財力和權力，指使小瘋子作亂，因而被認為是一個厲害的人，這種例子可不少。什麼才是什麼已變得不清不楚了。

苦沙彌老師如此思考。什麼才是什麼已變得不清不楚了，並非因為思考力貧乏所致。人的世界，原本就是建立在無法證明的基盤上。

同樣的想法隨處可見。譬如第七章。若是妖怪全體協議成為妖怪，所謂妖怪就會消失。正是這種情形。

順便一提，小林秀雄有名的《莫札特》（モオツァルト）中的一段，主要就是「數」的問題，若不想被當成瘋子，只要讓同類增加就好了。這應該也是從漱石而來的。小林秀雄幾乎不曾和漱石交談過，然而主題也好、文體也好，全面性地受到影響。譬如漱石使用的「命運」一辭，他改成「宿命」後繼續使用。瘋子的問題也是其中之一，就是共同體的全員都是瘋子的話，誰都不會認為自己是瘋子的這種理論。因為把對自己的疑問，擴及對共同體的疑問的緣故。

漱石把那個理論當成自己是否不被母親所喜愛，導出對於原本無法證明的問題的一種根源性的牽絆。譏笑、自殺、瘋狂，都是和母親的愛一樣，建立在無法證明的立足點。《我是貓》確實只能在這個立足點去做研究。

漱石很想從這個錯綜複雜的問題中解脫。我想這就是他少年時代熱中於漢文書籍的理由，漱石可是搏命般熱中於其中。

中學退學後進入漢學塾

漱石的母親於一八八一年一月過世。那一年春天，可能是三月或四月，漱石從學籍所在的東京府第一中學退學。入學是在一八七九年、也就是明治十二年三月，依學年開始的月份算來，應該是二年級結束、升三年級的時候吧！順便一提，漱石出生於明治元年的前一年，所以實歲和明治年號一樣。

雖然《少爺》中的描述不能全盤照收，卻可以認為心理上是和少爺相似的狀況。中學退學後，進入麴町的二松學舍，這次的退學和入學，呈現出以母親的死為契機而有所牽扯。

二松學舍為三島中洲於一八七七年創設的漢學塾。也就是說漱石入學時，才創設第四年而已。不過，原本的東京府第一中學也是一八七八年才創設，漱石是第二期生。漱石入學當時，東京僅此一所公立中學。當然，之後陸陸續續又設置其他好幾所學校。

另一方面，私校從明治維新以來的十年如雨後春筍般冒出。其中以福澤諭吉的慶應義塾、中村敬宇的同人社和三島中洲的二松學舍，號稱三大塾。當時二松學舍，約有三百人左右的在校生。

福澤諭吉出生於一八三四年，慶應義塾創設於一八六八年，諭吉時年三十四。中村敬宇出生於一八三二年，同人社創設於一八七三年，敬宇時年四十一。三島中洲出生於一八三〇年，二松學舍創設於一八七七年，中洲時年四十七。這三人全都是十九世紀的人，與出生於一八六七年出生的漱石相比，相當於父執輩。

三人當中，性質較不同的是福澤諭吉，曾在大阪向緒方洪庵學習蘭學，英語則是自學。中村敬宇十七歲時，進入江戶的昌平坂學問所就學，二十四歲成為教授、三十一歲成為幕府的儒者。三島中洲為松山藩人，就是位於備中松山、現在的岡山縣高粱市的松山城，十四歲向松山藩的儒者山田方谷學習，二十八歲進入昌平坂學問所就學。因此，敬宇和中洲都曾進入昌平坂學問所。

漱石為何選擇二松學舍呢？雖說他對漢籍原本就很感興趣，在此也有必要對二松學舍周邊作了解。

教育界的反動

當我們在思考明治時代的教育和學問等問題時，雖然有些意外，但或許應該以昌平坂學問所為軸心較為明白易懂。

中村敬宇承幕府之命，從一八六六年赴英國留學，於明治維新之際返國，一八七〇年、也就是明治三年，出版給同時代人帶來很大影響的《西國立志編》，因而出名。這和福澤諭吉等人創設明六社，刊行《明六雜誌》一樣活躍。因此，給人洋學派啟蒙家的強烈印象，其實他原本就是正統的幕府儒者，學問所的大秀才。

另一方面，三島中洲直到二十八歲都在現在的岡山縣，之後才進入學問所，不像中村敬宇般華麗輝煌，中洲的老師、山田方谷這位儒者，在幕府末年的備中松山藩以改革而聞名。總之，敬宇和中洲同樣都是幕府或藩的儒者。之後，中洲在一八七九（明治十二）年，敬宇在一八八一（明治十四）年，分別就任東京大學教授。

不僅是中洲和敬宇而已。同樣是學問所出身的重野成齋、川田甕江，也在一八八四年，就任東京大學教授。成齋是重野安繹的字號，他不僅是一位漢文學者，也是一位歷史學者，也許本名較廣為人知。他所主張從歷史學看來，像弁慶般缺乏實證性的人物應予抹殺的理論相當有名，因而被稱為抹殺博士。漱石在東京大學上過重野安繹的課。

倒也不能說福澤諭吉為慶應義塾的當家，所以未曾在東大任教。否則三島中洲也是二松學舍之主，為何會成為東大的教授呢？

明治維新以來，西洋的影響有如排山倒海般，無論明治政府或是日本人都拚命吸收西方文化。福澤諭吉成為這一波的搖旗手，可是明治維新經過約十年後，開始出現反動。起初是王政復古，在神道之前儒教和佛教都被一吹而散，情勢稍微隱定後，開始出現連大和之魂都讓渡西方，這樣可好嗎？之類的議論。

然後是道德的復活。道德無法委任給神道，因為無法靠神道的八百萬神。無論如何得依賴忠孝仁義的儒教。一八七九年，明治天皇的仕講官元田永孚製作〈教學大旨〉，顯示因有強烈舊幕府色彩而見不得人的儒教，又在教育、特別是道德教育中復權了。這是漢學對洋學的反攻。相反地福澤諭吉的著書，卻從小學教科書中撤下。這種態勢持續至「教育勅語」，甚至直到大東亞戰爭。

天皇制和儒教融合，與昌平坂學問所的儒者有密切關係。道德中心由天皇取代將軍。這就是從一八八〇年前後起，公立教育機關陸續起用學問所出身儒者的理由。

福澤諭吉是洋學、中村敬宇是採用融入洋學的漢學、三島中洲是漢學，這就是三大塾的特徵。漱石從中選擇二松學舍。從開成學校、大學南校，直到一八七七年終於轉到與現在最接近的東京大學，也是一個洋學中心。教授群大體上都是雇用外國人，授課也是以外國語進行。

由此看來，漱石很想接近昌平學問所，也就是說很想接近以前的學問。

昌平坂學問所

昌平學問所，也就是所謂昌平黌，一般都認為是一個很傳統的地方，其實不然。大致上，應該說這裡雖然傳統卻不斷注入新意較為妥當。

若說昌平坂學問所，不過就是松平定信的寬政改革，也就是十八世紀，不！實質上應該是十九世紀初而開辦，那就沒什麼了不起！也有一說，德川幕府為把儒教當成精神支柱，而求諸當時最有勢力的朱子學，並起用林羅山為其源始。但是，也不是這麼回事。那裡有如德川家的學問所般，具有極為強烈個人色彩。那裡成為聚集優秀人才、也就是類似大學般的公共場所，是在寬政改革以後的事。寬政改革發生於一七八七年，也就是法國大革命的大前年。

從林羅山開始，林家的儒學至第三代而衰退，之後出現伊藤仁齋、荻生徂徠，日本的儒學因之而變。這是從十七世紀到十八世紀的事。至此都是朱子學的儒學，直到摘掉朱子的眼鏡，直奔孔子跟前——也就是仁齋的古義學，徂徠的古文辭學，合起來被稱為古學，和幕府公認的朱子學、也就是宋學，成為強烈對比。

在中國古代，孔子是把有關仁和禮的古典加以整理的人，孟子是發揚孔子教義的人，之後的時代——宋朝的朱子是把儒學以宇宙論體系化的人，明朝的王陽明則是批判此體系並提出實踐的人。簡單說就是如此，不過無論仁齋還是徂徠，朱子當然也是對孟子持懷疑態度。特別是徂徠的影響力很大，動不動就搬出徂徠學。江戶幕府百餘年，出版興盛也是很大原因。不論武士還是市井小民，愛好學問、藝術的人口大大增加。

徂徠喜愛中國眾所周知。他取了一個中國風的封號「物茂卿」，從茅場町遷居至牛込，因為距離中國更近而沾沾自喜，成為大家的笑談。然而，實踐的結果卻完全相反，簡言之，就是明確提出日本儒學的主體性。「回歸古典！」——雖然是徂徠的標語，若站在這個視點看來，有關詩、書、易、禮、樂、春秋等六經，加上《論語》的所謂古典，中國人和日本人都無法辨得到。學會中國話當然是必備的條件，除此之外無論中國人還是日本人都辦不到。毋寧以虛心來接觸古典，對日本人才有利。總而言之，就是徂徠說的：勿讀多餘的注解書！

其實，革命或改革，大致就是這麼回事。

聽起來好像挺舒暢，問題還在後面。徂徠的代表弟子太宰春台和服部南郭，前者專注學問、後者專注藝術。也就是所謂硬派和軟派。徂徠培育弟子，採寬容態度。學問的春台，治學嚴謹，毫無問題；藝術、也就是漢詩漢文的南郭一派，呈現出有如文藝沙龍。其結果，造成儒者愛好的漢詩，被看作與儒學不相干的藝術，幾乎和俳句一樣在全國開始流行起來。

寬政改革的意義

流行很可怕。雖然不是壞事，終至漢詩中也可以讀到遊廓的風情，連師匠這種可以靠漢詩維生的漢詩人也登場了。也就是以漢詩老師的身分，輾轉各地當食客。這種情勢以致勤皇的志士往往都是愛好漢詩、愛好劍舞，一直到明治、大正、昭和前期，漢詩依然大流行。雖然現在已經被遺忘，譬如在《少爺》一書中，山嵐在晚生南瓜的送別會上舞劍一幕，這到昭和中期仍是常見的光景。

因此，漢詩的傳統並非舊東西。鎌倉時代的五山文學就是一個例子，因為孤立並未對後代造成影響。作為表現形式的漢詩歷史，在日本卻如同俳句般存在。雖說不如芭蕉和蕪村般明顯，對於俳句和漢詩的底層中所追求的教養及美感意識卻是相通的。

提到寬政改革的其中一環，一七九〇年的寬政異學之禁，有說是為這股軟派的風潮踩煞車，說來也不過是希望支配階級、也就是武士們至少在表面上得重視一下朱子學。雖然禁止異學，昌平坂學問所的名稱正式揭幕，建築物再擴建，起用柴野栗山、尾藤二洲、古賀精里等地方的藩儒擔任教授，由此可見，定信真是一位不得了的知識份子。栗山、二洲、精里，也有人以旗本出身的儒者岡田寒泉取代古賀精里，號稱寬政三博士。實際上，這才是學問所的開端。

定信所提出的學問所方針，一七九三年由老中的職位引退後，依然持續施行。岩村藩主松平乘蘊之子——松平衡，繼承低迷的林家，改名林述齋並成為負責人。學問所成為更有規模的大學。旗本子弟之外，也准許陪臣、鄉士、浪人就學，因此聚集全國各地的秀才。

秀才聚集後，問題也增多。有學習徂徠學的人、也有學習陽明學的人。如同中村敬宇般學習洋學的人也有。管理方面確實辛苦，總之學問所成為各種知識的搖籃。

雖說如此，卻成不了漢詩流行的搖籃。從十八世紀到十九世紀，漢詩流行的中心人物市河寛齋，曾經擔任湯島聖堂的官職而與學問所有所關聯，在禁止異學之際辭職，結成漢詩社、江湖社。鷗外在史傳《伊澤蘭軒》中，對此經緯也有觸及。由此可知，鷗外、漱石都具有這種常識。江湖社中的寛齋門弟子，柏木如亭、大窪詩佛、菊池五山等人，形成文化文政朝、也就是十九世紀前半的詩壇報章。這是明治漢詩風潮的土壤，學問所和他們畫出一條線。儘管是幕府直轄機關，反而勤皇的志士輩出，應該是屬於硬派。

十九世紀中期，也就是明治維新的教授群，佐藤一齋、杉原心齋、松崎慊松、安積良齋、林復齋、古賀謹一郎等人。學生則有栗本鋤雲、中村敬宇、田邊蓮舟，還有重野安繹、三島中洲、川田甕江等。

漱石喜愛徂徠、討厭賴山陽，眾所周知。討厭賴山陽，並不是因為他是勤皇派。毋寧是討厭那些詩壇報章吧！對於學問所的儒者抱有好感。恐怕這才是他選擇二松學舍的理由。

在二松學舍所學

當然，漱石原本就喜愛漢詩漢文。在第一中學，漱石並不是以英語授課的外語（變則）科生，而是進入以日本語授課、也有漢詩漢文課的國語（正則）科生。可能還覺得不夠，才會進入二松學舍。入學當時，有所謂「中學校教則大綱」，儘管二松學舍的辦校目標是成為正式中學，校格還是比各種私校低。縱使如此，漱石還是選擇二松學舍，只能認為他的決心堅定。

二松學舍的課程，從三級第三課到一級第一課，漱石入學後被編入三級第一課，四個月後進至二級第三課。漱石受到怎樣的教養呢？我們看一看《二松學舍九十年史》中，入學當時的全部課程：

三級第三課＝《日本外史》《日本政記》《十八史略》《國史略》《小學》
三級第二課＝《靖獻遺言》《蒙求》《文章軌範》
三級第一課＝《唐詩選》《皇朝史略》《古文真寶》《復文》
二級第三課＝《孟子》《史記》《文章軌範》《三體詩》《論語》
二級第二課＝《論語》《唐宋八家文》《前後漢書》
二級第一課＝《春秋左氏傳》《孝經》《大學》
一級第三課＝《韓非子》《國語》《戰國策》《中庸》《莊子》
一級第二課＝《詩經》《孫子》《文選》《莊子》《書經》《近思錄》《荀子》
一級第一課＝《周易》《禮記》《老子》《墨子》《明律》《令義解》

除此之外，全校共通課目就是漢詩漢文，也就是作詩作文。好像由三島中洲親自批改。漱石大概也曾被批改過吧！

《日本外史》和《日本政記》當然就是賴山陽的著作，對勤皇志士造成很大影響的書。《十八史略》是曾先之所著的中國史概略，取材自司馬光的《資治通鑑》。岩垣松苗的《國史略》及青山延于的《皇朝史略》，都源自《十八史略》的日本版。《小學》是朱子所編的初等教科書，在日本可說是朱子學入門書。

《靖獻遺言》是山崎闇齋的高徒淺見絅齋的著作，講述中國八名忠臣義士的事蹟。對勤皇志士也有所影響。《蒙求》是唐朝李瀚所編的給初學者的入門書，全書都是上下兩句對偶的四言韻文，後來「蒙求」二字成為入門書的代名詞。漱石曾寫道，我的號是因為少時讀到《蒙求》中的故事而取的，現在想起來真是陳腐又俗氣。《文章軌範》是由南宋的謝枋得所選的模範文集。《古文真寶》是由宋朝的黃堅所選的中國詩文選集，日本初學者必讀的文獻，自古以來就很有名。《近思錄》則是朱子的先驅者周濂溪、程明道、程伊川、張橫渠等四人有關學問的言論。朱子為之寫序，為朱子學入門必讀。《明律》和《令義解》則是法律書。

中國古典自不用說，基本上以朱子學為軸，同時羅列有助於皇國史觀的文獻。漱石就這樣一頭栽入這些古典中。

拒絕上學的一年半

不過，漱石在一八八二年的春天就從二松學舍退學，翌年的秋天進入成立學舍。到底發生什麼事呢？

《落第》是漱石有名的談話集。一九〇六年，也就是明治三十九年，在《中學文藝》雜誌上，發表〈名士的中學時代〉一文。大約在《我是貓》上卷成為暢銷書的翌年。

因為中學選國語（正則）科，所以不用讀英語。為進入預科英語又是必修，覺得很無趣，才會轉到二松學舍。說到校舍設備不全、講堂很髒後，又談到決定輪流授課順序的籤是使用漢字詩韻表，還說授課內容就和往昔的寺子屋一樣，絲毫不像學校。原本就喜愛漢字也讀過許多漢書籍，卻不喜歡讀英語。不過，接下去就很重要。

稍加思考就知道，光讀漢書籍在文明開化的時代裡，成為漢學者也沒什麼用處，若不是有什麼目的，渾渾噩噩過日子也太無趣，才下定決心想進大學讀些什麼。因此進入成立學舍拼了一年。喜愛的漢書籍一本不留全賣掉，拼命讀書，明治十七年夏天果然進入預科，同樣第一中校，外語（變則）科的同學早已進入預科，由於他在二松學舍和成立學舍徘徊一陣子，才會比同校同學較晚入學。

《落第》中進一步談到預科落榜，無疑地就是這樣吧！不可思議的是為進入預科英語為必修，縱使如此，卻討厭正式中學且自行退學，選擇相反方向的二松學舍這所漢學塾。實在矛盾！

這個矛盾，三年後，也就是一九〇九年、明治四十二年，發表在雜誌《中學世界》的〈一貫不用功〉中更加擴大。因為自己是國語（正則）科學生不必學英語，因此想進入預科很困難，因為無法達成自己的志向很想退學，父母親卻不答應，所以每天帶著便當出門，不去上學卻到處玩。不久，父母親大概明白我的心意吧！才讓我從中學退學，進入二松學舍約有一年卻只讀漢學，不學英語不行的必要性一天天地逼近，因此才進入成立學舍。

漱石說因不能學英語而退學，卻進入漢學塾這點實在矛盾，這個矛盾使得他甚至從二松學舍退學，不過若說退學後立刻進入成立學舍，倒也不是如此。差不多有一年半的時間到處溜達，才是大事情。那是一八八二年的春天到八三年的秋天，也就是漱石十五歲的春天到十六歲的秋天，他到底在做什麼呢？

為惡夢所纏的少年

漱石是一個拒絕上學的人。他自己都說每天帶著便當出門，不去上學卻到處玩，這事錯不了。

進入第一中學是十二歲。從一年級就到處溜達並不合情理，應該是十三歲、也就是從二年級開始吧！在他十四歲的正月九日母親過世，因為是那一年春天退學，所以只能認為是十三歲，也就二年級的時候。

現在稍加詳細介紹一下方才提及的《玻璃窗內》，最終章之前的第三十八章裡，談到對母親的記憶。

有一次，我自己一個人上二樓睡午覺，那時的我一睡午覺，就經常被怪東西襲擊——漱石開始敘述。有時夢見大拇指一直變大而不停止、有時夢見屋頂掉下來壓住胸口。那時候，經常為惡夢所困擾。

也許我在某時某處犯過罪，反正就是亂花掉許多不是自己的錢，雖然不明白為何目的而如此做，身為孩童的我是無法償還。膽小的我邊睡覺邊感到很痛苦，為結束這種痛苦，我大聲呼叫母親。

母親立刻上樓來，我站在那裡向看著我的母親訴苦，拜託母親一定要給我錢，那時的母親微笑要我不要擔心，無論多少錢她都會拿出來。我聽了非常高興，才安心睡著。

這全是一場夢嗎？還是半夢半真呢？至今我仍然很疑惑。文章中繼續寫著，推測這應該是在漱石十三歲、中學二年級的事。以前那個花掉大把鈔票的夢，其內容過於像大人，後來最重要的母親過世了。果真如此，所謂每天帶著便當出門，不去上學卻到處玩的當時，漱石經常為這種夢所困擾。

因此，他恐怕也不是那種到處遊玩的悠閒者吧！可以說是拚命地拒絕上學。如同少爺被母親說再也不想看到你的臉，就鑽牛角尖離家跑到親戚家住。因此，並非不能學英語才退學。只能認為被莫名其妙的不安所驅使，夢已經道出這事實。

不安應該和母親有關。不過，漱石無法直接把這事實和疑惑告訴母親。不！漱石本身並未清楚察覺自己的疑惑。他好似未察覺般。寫《我是貓》、《少爺》，直到寫《草枕》、《虞美人草》為止，仍然像是未察覺般。正因為如此，才會做夢、才會在夢中呼叫母親。當面向從正上方俯視的母親哀求時，母親的回答，讓漱石一時間得到滿足，留下這難忘的記憶。

從這裡也可說是他神經質世界的展開。在那世界裡，漱石失去重要的母親、退學。然後立刻進入二松學舍，可是也只讀了一年又退學了。此後的一年半、也就是從十五歲到十六歲，簡直像是要貫徹拒絕上學般，儘管學業成績優秀，漱石哪間學校都不去。

他到底想要作什麼？

《木屑錄》所談的事

十幾歲的一年半，很漫長。一般說來，是一個會發生足以決定人生之事的時期。

漱石在這時期正在做什麼呢？我認為一八八九年、也就是明治二十二年，他認識正岡子規，為和子規的《七草集》相抗衡，而以漢文書寫的《木屑錄》多少會給我們一些線索。書本開頭寫著少年時代的事情。

漱石敘述少年時代背誦唐宋名文，因為太喜愛而寫文章。有精心雕琢十來天才完成的文章，有能夠觸動靈感、值得玩味的純樸，連自己都覺得心嚮神往的文章。因此，自認成為歷史上的名文未必不可能，終至想以文章立身。此後，無論到哪裡都要寫上些文章。然而，數年後重新讀過，不禁啞然。自認精心雕琢的文章卻是輕佻膚淺，值得玩味的純樸卻是艱澀難懂，不知道在說些什麼？若以人來比喻，前者是濃粧豔抹而無氣力的女人，後者則是墊起腳尖的小孩，實在不堪卒睹。原稿全部燒掉、撕掉，對自己的驕傲自大感到羞恥，好一段時間都感到很沮喪。

雖說是寫給朋友的遊戲之作，卻不會被認為在說謊。固然有漢文特有的誇張，卻不會被認為歪曲事實的經緯。少年時代，也就是在二松學舍的一年、退學一年半的少年時代，漱石想要以文立身，也就是以文章作為立身之道。

文中還繼續寫道，古人不僅讀萬卷書，還要行萬里路。自己都在父母跟前不曾離開東京，因此想坐在家中而逼近古人的領域是一個大錯。雖然想去旅行，卻苦無機會；如今形勢一變，抱著洋文書往返東京的學校。以下的紀行文中，雖然戲作的要素變得更強，倒也沒有違背事實。

沒錯！少年漱石一度想以文章立身而蟄居家中。我們知道大約二十年後，和此完全相同的體驗又再重複一次。毋庸贅言，那就是漱石的倫敦留學。

反覆描述的倫敦留學

有關漱石留學倫敦的書很多，漱石自己所寫的書比任何人所寫都還忠實。那就是《文學論》。回國後，把東京大學的講義整理成為本書的序文中，漱石坦率談起自己的留學體驗。

首先，漱石不得不談到如何的機緣而來教授這門課、如何的經緯而出版此書，然後再從官派留學談起。明治三十三年、也就是一九〇〇年，擔任熊本第五高等學校教授的漱石，明白地表示自己絲毫不想放洋，由於是高等學校的推薦，不能不答應。

抵達當地後，第一必須決定的是留學的大學，參觀過牛津大學，就文部省所給的費用、時間以及自己的性格看來，牛津大學也好、和此類似的劍橋大學也好，自己都不可能取得學籍而死心。因為定居倫敦最適合語學的練習，但是學習二年語學還是不夠充份。因此，把目標訂為文學研究。然後，先到大學旁聽現代文學史，同時拜託私人教授講解不明白的地方。

此後的發展，只能說令人感到很有趣。

漱石說旁聽了三、四個月後就不去了。因為不如期待般有趣、也未得到想得的知識。私人教授也是一年後就停止。其間，自己讀遍手邊有關英國文學的書籍。然而，檢點一年來所讀的書，比起不讀不行的書實在太少。縱使再把剩下一年繼續讀完，結果還是一樣。因此，不得不改變研究的態度。

幸或不幸的氛圍另當別論，這個發展，令人不得不想起從第一中學退學、轉到二松學舍，也是一年後就離開的少年漱石的體驗。無疑就是不如期待般有趣、也未得到想得的知識。當然，少年漱石無疑地讀遍手邊有關漢學的書籍，無疑地也都暗記了。這個想法應該無誤，因為在《文學論》的序文裡，漱石開始說起自己少年時代的體驗。

改變態度，還有其他的理由——漱石繼續說。這讓人想起《木屑錄》開頭，那段有名的文章：

「我在少年時代，很喜歡讀漢文書。雖說時日很短，所謂文學的定義，就是在暗記時從「左國史漢」當中受到潛移默化。英文學不也是如此嗎？我認為確實如此，終其一生學習，未必會後悔吧！進入英文學科，只因為這幼稚又單純的理由。」

漱石自己在留學中改變方針的危機中，無非在反復反芻十四歲到十六歲，那二年半的體驗。

十來歲的危機和三十來歲的危機

十四歲到十六歲的二年半間無疑是危機。不過，其間漱石已經從左國史漢、也就是《春秋左氏傳》、《國語》、《史記》、《漢書》以上四書……不，這可以說已成為漢書籍的代名詞，從這些書中得到所謂文學的定義。拒絕上學、退學、轉學、再退學，然後就在幾乎蟄居的狀態中，漱石得到文學的定義。

《往事種種》第六章寫著，在修善寺吐血九死一生後，躺在病榻萌生讀書欲，友人送來《醉古堂劍掃》和《列仙傳》，感到很高興。《列仙傳》卷末附錄的養生訓，好像特別有趣，日記裡摘錄其中二、三節，興致一來還親自為漢文標訓讀，抄錄在第六章。儘管躺在病榻執筆很痛苦，還有閑情抄寫帶著訓示的文句，如今想來依然愉快。然後，還寫著更令人覺得有趣的事實：

「孩童時期，往來湯島聖堂的圖書館，胡亂地抄錄徂徠的《蘐園十筆》的往事，這種我原本以為這一輩子僅只一次的感覺又重現，也如同往昔我的所為般，單純的抄寫之外不具意義，病中我的所為也幾乎同樣無意義。在那無意義中，我為找到一種價值而欣喜。」

當然，這無疑就是從二松學舍退學的十五歲或十六歲的體驗。我們很清楚這就是進入成立學舍之前的事。漱石自己說是胡亂抄錄，其實不然。《蘐園十筆》和徂徠的主要著作《辯道》、《辯名》、《學則》和《證談》不一樣，翻刻本很少，當時很難得手。因此漱石才會去抄寫吧！當中收錄有批判仁齋的爭論，文章中反而可以看出仁齋和徂徠的性格。少年漱石的探索，已達到這種境界。

其實，日本近代文學可以說是從仁齋、徂徠開始。芭蕉、西鶴、近松就在其間誕生。由仁齋、徂徠清楚地把日本文學的概念提出來。立於自己的問題意識，和中國對等地論述中國古典，這意味著所謂的主體性。要言之，就是所謂的自我本位。後來漱石在《我的個人主義》中所展開的這個想法，可以說是漱石十幾歲時透過徂徠就已經萌芽了。從徂徠到漱石，文學史得以用如此的方式被重寫。

十幾歲的蟄居體驗，在《往事種種》裡被祝福。對此，在《文學論》的序文裡，三十幾歲的蟄居體驗，在一生中也並非多麼不愉快，卻宛如被詛咒般。不過只要一對比，就不會如此認為。縱使在十幾歲的體驗，說是快樂也罷，無疑地還是心酸吧！因為所謂不被母親喜愛孩子的主題，還是在其根底。縱使在倫敦的體驗，說是心酸也罷，無疑地還是快樂吧！因為是下決心面對那個主題的體驗。

毋庸置疑，兩者都是在緊迫的時間內所完成的事。

蟄居的力量

在《文學論》的序文裡還寫著，雖然從東京大學畢業，但心中有種非常寂寞的感覺。畢業後，我的腦中總有種被英文學所騙的不安。漱石抱著這份不安西行至松山，一年後繼續西行至熊本。在熊本居住幾年後，在這份不安尚未消失時就前往倫敦。來到倫敦這份不安還是無法消除，那麼接受官派渡英就無義意。他是如此認為。

然後，再次反芻十幾歲的體驗、埋頭於漢書籍研究的體驗。

反向思考，漱石寫著。儘管我對漢書籍的學力基礎並不紮實，卻有充份品味漢文學的自信。英語的知識自認並非多高深，但是與漢書籍知識相比卻不遜色，儘管好惡有所不同，不得不認為是兩者性質不同所致，換言之，漢學的文學和英語的文學，不能概括地說是同樣的文學，兩者是完全不相同的性質。

漱石十幾歲時埋頭漢文學的危機和三十幾歲時埋頭英文學的危機重疊，如此談及，倒不如說是對漢學的自負。漱石根本上已經決心面對所謂文學為何的問題，打算以剩下的一年來研究這問題。我蟄居在租屋內，文學書全收到行李內，這確實就是十幾歲時危機的重現。少年漱石也曾下決心要成為漢詩人、漢學者而蟄居。後來知道已經不是這種時代，才從漢語轉向至英語。那時候全部的漢書籍，若依照《木屑錄》是收到書架最底層，若依照《落第》則是賣掉。蟄居的方式相似，走出來的方式也相似。

從十幾歲到三十幾歲一直持續著相同的不安，半途察覺問題、半途未察覺的不安，經常威脅著自己。他如此寫到。

漱石心理上對文學有怎樣的需要，誓要徹底弄清楚文學是如何在世上產生、發達、頹廢?社會上對文學有怎樣的需要，也誓要徹底弄清楚是如何存在、興隆、衰滅?這種決心恐怕也完全相同吧!

然而，《文學論》實現的則是文學既沒有心理學、也沒有社會學。只有夏目漱石這位作家的小說方法論而已。這是理所當然。漱石在留學倫敦前，就決心成為作家。十幾歲已經如此下定決心。這件事，從五高時代的短文《人生》也可以讀出來。正因如此，打算回絕留學。不過，卻無法回絕。無法回絕而留學，在這份不安和躊躇當中，最後是大步跨往作家之道。

回答所謂「現在的自己是怎麼形成的呢？」這個根源性的問題，才是唯一的方法。其實《文學論》，是在令人趣味盎然的小說《草枕》和《虞美人草》的中間整理後出版的。

少年漱石志於當作家

一般認為漱石屬於大器晚成型的作家。若把發表在一九〇五年、也就是明治三十八年一月刊行的雜誌〈杜鵑〉上的《我是貓》，當成他登上文壇的處女作，確實是屬於大器晚成型的作家。譬如同年齡同窗的尾崎紅葉，於一八八五年、也就是明治十八年，十八歲時就與小他一歲的山田美妙等人組成「硯友社」，發行同人誌〈我樂多文庫〉並發表小說。尾崎受式亭三馬、十返舍一九、井原西鶴的影響，發表改變風格的小說《伽羅枕》、《三人妻》，三十七歲執筆的《金色夜叉》風靡一世，在《我是貓》問世的二年前逝世。

然而，若是漱石沒進入成立學舍，和紅葉一樣十八歲就登上文壇的話，情勢就大不相同。十六、七歲寫的漢詩還留著，「高剎聳天無一物，伽藍半破長松鬱；當年遺跡有誰探，蛛網何心床古佛」。暫且不論，這首漢詩在專家的眼中到底如何？那種繪畫手法的技巧已顯示其資質。這還可追溯到近十年前藤村的《若菜集》的出版。自我要求嚴謹的漱石因而死心，若具有尾崎紅葉和山田美妙般的輕狂，以早熟天才闖蕩文壇，也不無可能吧！

問題在於，何者可為文學、何者不可為文學？譬如漱石轉學至二松學舍的一八八一年、也就是明治十四年刊行的松村操《明治八大家文》一書中，列出林鶴梁、安井息軒、芳野金陵、大槻磐溪、阪谷朗盧、中村敬宇、重野成齋、川田甕江等人。這早於坪內逍遙《當世書生氣質》發行的四年前，無論如何在主流文學的世界、也就是漢詩文世界，從戲作發展而來的小說根本算不了什麼。當時的文章四大家，為成齋、甕江、敬宇、中洲等，若是二大家則是成齋、甕江。如此的文學世界裡，之後被逍遙、四迷、紅葉、美妙、透谷、獨步等人形成的所謂日本近代文學完全抹殺，但是這個被抹殺的世界對少年漱石而言才是文學。

一九〇六年、也就是明治三十九年的〈對我文章有助益的書籍〉的談話中，漱石說他自己至今仍不時閱讀安井息軒的文章，因為不輕薄也不淺薄，還有林鶴梁的《鶴梁全集》讀起來很有趣。從這裡可以知道漱石到底處在何種世界。

從預科進入大學的漱石的眼中，鷗外姑且不論，紅葉以下的小說家根本就不足掛齒。從左國史漢而得到文學定義的漱石，當然作如是想。不過，當時的時勢也是搖擺不定。簡言之，明治初年是洋學、一〇年代是漢學、二〇年代是洋學、三〇年代是漢學，如此搖搖擺擺。然後，漢學漸衰、洋學漸強。想以作家立身的漱石，處於兩者之間，必然得面對文學為何的問題。因此，在倫敦明白地確認。

表現者之外無他

有志以文立身的漱石，對此志向貫徹始終。立志當建築師好像有些動搖，想當作家的心情在心深處卻不曾改變過。從漢文轉為英文，若包含二松學舍的時間在內，得花費將近三年才確定心意。第一個理由；起初看來從二松學舍好像沒有路可以通往東京大學。不過，雖然不可能立刻達成，但是學制混亂時期，好像也不是不可能。還有一個理由；聽說是長兄為首等人的遊說。然而，看一看轉到成立學舍的經緯，結果還是由頑固的漱石自行決定。因為他有一年半之久的時間裡哪都不去。

對漢詩文的堅持，到底意味著什麼？

漱石在一八九六年、也就是明治二十九年，從松山中學調職至熊本五高。調職那年的十月，在五高的《龍南會雜誌》發表〈人生〉的這一篇評論。有些目中無人的漢文調文章，與其說是出自英語文學老師的手，怎麼看都比較像出自小說家的手。以下介紹其中要點。

「佔據空間為物，發生於時間為事，脫離事物之心不存在，脫離心之事物也不存在，事物的變遷推移稱之人生，小說就是描寫人生的某一側面，縱使只是某一側面也不單純。」——漱石如此寫著。

「小說有談境遇、描寫品格、分析心理、直覺看破人生等四種，不管哪一種都在教導人，但我相信除此之外還有一種不可思議的東西。雖然人會揮手、轉動眼睛，卻不知道為何那樣做，脫離因果法則，而且和思考無關係的突如其來的直接反應，一般稱之為狂氣，如此稱呼人家的人應該無法否認自己本身也有同樣狂氣的經驗。」

——漱石如此主張。然後又說：人對自己本身了解得太少。

「人會做夢，做那種出乎意料的夢，醒來還會嚇得一身冷汗而茫然若失，對於夢一笑置之的人，根本就是只知其一不知其二，人未必在夜間的睡床上才會做夢，大白天也會做夢，走在路中央也會做夢，工作中也會做起夢，那種微妙的感覺會讓人羞愧欲死，這之中的來歷如何並不清楚，人生的真相多數就在夢中，實在難以區分，若是認為不了解自己，可以誠實把自己的心路歷程寫出來，那就會驚訝人到底有多不了解自己。」

漱石所言宛如佛洛伊德般，不過這是在《夢的解析》刊行的四年前所寫的文章。文章繼續下去。

「若有兩點就可以知道連接兩點的那一條直線的方向，這是幾何學。但是在人的行為上，不是二點三點，縱使知道一百點，還是不足以知道人生的方向，人心裡有一個沒有底的三角形，又有一個二邊並行的三角形，這該如何是好？發生不測、料想不到的情緒從心底湧上來，海嘯和地震也在人的心中發生，只能說極其危險。」

沒有底的三角形、二邊並行的三角形，真是卓越的比喻，但是文章就在極其危險、也就是這句「吞劍哉」結束。

為何漢詩有其必要呢？

雖然後來漱石很喜歡威廉・詹姆士（William James）的心理學，不過在〈人生〉

裡，比起詹姆士更令人想到佛洛伊德的精神分析。但是，比此更耐人尋味，是漱石本身為狂氣所纏、為不安所纏。在那不安、狂氣中，宛如看見可怕之物的瞬間卻抱著強烈的關心。

若不把事情寫出來就無法明白的問題。總之，若不立志當一個表現者就無法顯現的視點。這時候，漱石和岳父商討想辭去教職回到東京從事翻譯之類的工作，其實只能認為他的願望是專心於文章的表現。

當有留學英國機會的傳聞，他不像別人立刻附和，因為專心於文章表現的願望已經強烈到壓抑不住了。若非如此，前一年所生的女兒也不致取名為筆子。

漱石調職到五高的翌年、也就是明治三十年，以漢詩人聞名的長尾雨山來此赴任。他比漱石年長三歲，東京大學古典講習科畢業後任職文部省，和岡倉天心同為東京美術學校竭盡心力，也算是一位教授。約在二年後出任東京高等師範的教授，他為漱石修改漢詩之事廣為人知。

雨山的《中國書畫話》中有一篇〈有關支那的南畫〉，談到所謂南畫、北畫分別來自禪的南宗、北宗，繪畫的流派可以南宗禪的頓悟、北宗禪的漸悟作為基準來區分，極為言簡意賅。南畫的鼻祖就是唐朝的王維，正是漱石最喜愛的詩人。不僅王維，也喜愛王維為首的南畫。而且他自己也樂在其中。至少可以看出漱石同樣也喜愛雨山吧！雨山幫忙修改的兩首詩，當成《草枕》的軸心。從此可知，《草枕》中的思想在這階段已經萌芽了。作為文學者、作為作家的基盤業已完成。

據說被雨山修改的詩有五首。明治三十一年三月三首、明治三十二年四月二首。三十一年三首中的〈春興〉和〈春日靜坐〉收錄於《草枕》。另外一首〈失題〉以「吾心若有苦，求之遂難求」開頭，以「前程望不見，漠漠愁雲橫」結束。其內容幾乎就等同《人生》。由於太生動，才會和另外兩首被收錄。另外兩首當然就是「孤愁高雲際」、「愁隨芳草長」。雖然是鬱悶之作，春的色調卻很明朗。

這明示詩如何被寫出來。漱石由於苦悶不得不寫。《草枕》是一部對此加以詳述的作品。如同《我是貓》和《少爺》般，並未作結果的說明，只打算作意圖的說明。對漱石而言，漢詩文隱約的不安、隱約的疑惑，也就是要封住自己是否不為母親喜愛孩子的疑惑——並非要論述，而是要封住，這說明是絕對必要的。只花一週的時間，就完成《草枕》。這件事情，說明根本就是作者長年以來自問自答的結果。

保持距離看世間

其實，無論是《倫敦塔》，還是《幻影之盾》和《一夜》，都是漢詩擴大的作品。連題材都令人覺得留學英國不虛此行。不過，《一夜》等的典型世界，怎麼都是比起英文學者更像出自漢文學手中。雖然留學使他徹底了解男女糾葛，在小說主題是重要的，不過在漱石的意識裡，《幻影之盾》和《薤露行》終究還是漢詩，

《我是貓》是如同書信般的作品，給高濱虛子的信寫著：《薤露行》中的一頁可以匹敵《我是貓》的五頁。若以表現者漱石的視點看來，從熊本到東京沒有留學那一條直線。一連串的幻想短篇，就是膨脹的漢詩。膨脹達到極點的就是《草枕》。

《草枕》之所以被策畫，是要讓自己本身認同自己為何需要漢詩的世界。對漱石而言，《草枕》是漢詩中的漢詩。

這件事情從那有名的開頭就可明瞭。太講究理智，易與人產生摩擦；太順從情感，則會被情緒左右；太堅持己見，終將走入窮途末路。總之這世間並不宜人住，為了逃離這裡，「詩」是必要的。然而，知情意是人類作用的一切。人生，所謂一切都是困難，等同什麼都沒說。過於急著探求，以致邏輯傾倒。因此，畫家思及至此就被石頭絆倒。

畫家被石頭絆倒後的發展，並非把問題放掉。問題繼續下去。也許詩人天生愛憂愁，卻不會感到痛苦，為什麼?

答案是，因為以第三者立場來眺望世界。戲劇和小說之所以有趣，因為只有在其間可以忘記自身的利害。但是，這個以「余」自稱的第一人稱的主人公畫家說，離開人情就沒有戲劇和小說，特別是西洋的戲劇和小說冗長乏味，這是因為不懂得解脫。這個解脫，一言以蔽之，就是跟隨不近人情而來，也就是漢詩。

第一章漢詩所以必要的說明就此結束。縱使只有一瞬間也好，漱石想一遊不近人情的世界，所以傾向漢詩。以致成為如此。另外，對漢詩文而言紀行很重要正是這原因。若把旅行中所發生的一切當成能劇舞台來看就對了。這正是衝撞旅行的本質。

> 世界上的一切，保持距離才可以冷眼旁觀。
> 瞇著眼睛看，世界的一切都是美好的。《草枕》的核心所在，正是這種思想。

漱石能夠冷眼旁觀世間的一切就是保持距離，他也以這種手段不顧一切地親近漢詩文世界。至少在這階段裡，漱石如此思考。我認為，這正是漱石十幾歲時就親近漢書籍的理由。

女人的誘惑、出謎題

這位畫家到底懷著什麼世俗煩惱、世間苦勞，來到九州偏僻的溫泉宿屋呢？這一切都未觸及。總之，感覺不太出來所謂不為母親喜愛孩子的主題。超然於那些問題，就是主題。反過來說，對主人公這位畫家而言，未寫出來的事才是他人生的主題。

雖是如此，人正因為這樣才會脫離因果法則，而且和思考無關的突如其來的直接反應，漱石本身如此敘述。總而言之，這並非作家依自己的意圖可以寫出來的文章。

《草枕》的概略毋庸贅述，要言之，想一遊不近人情世界的畫家，逗留在九州的某溫泉旅館，和溫泉旅館的年輕女掌櫃之間極微妙的互動。旅館的客人是一位畫家。年輕女掌櫃、也就是那美，是一個和自己不喜愛的男人結婚，後因男方家道中落就返回娘家的不近人情的美女。這個美女，對於理應是陌生人的畫家頻頻誘惑。有如戲弄般誘惑這個標榜不近人情的畫家。

末尾，那美對於落難將潛逃滿州的丈夫，一瞬間所露出的哀憐，只是假惺惺的動作。這和那美施展魅力誘惑畫家的舉止有關。但是畫家十分從容。理論上，可以藉由漢詩和俗世保持距離。因此畫家對那美說，和妳說話很有趣，在此逗留期間每天都想和妳說話，說是迷戀上妳也好，事到如今更加有趣；不過再怎麼迷戀也沒必要和妳結為夫婦，認為「有必要在迷戀時結為夫婦」，如同突然興起「有必要把小說從頭讀到尾」那般，不過是短暫的想法而已。

有如謎團般的人物，可是畫家的這般姿態，若以一般人看來，不過是對人生的偏頗。自以為了不起。總之，這無疑是認為，比起小說之類，漢詩是更不近人情、有趣的一部小說，然而再怎麼強調不近人情，對方是否能夠真實地了解呢？這就另當別論。

我不認為，那美能夠真實地了解。因為縱使戲弄畫家，她也還為了別的事情分神。不得不這麼想，是因為收到泰安和尚情書的那美說：既然那麼可愛的話，就一起在神佛前睡覺吧！還有當泰安跟隨和尚在佛堂念經時，突然摟住他的脖子，從這些小故事就很明顯。那美有違常理的舉動，表示那美對自己本身都束手無策。

那美本身無疑地正在面對所謂「自己」這一個謎團。畫家看到那美的臉，認為那是一個被不幸打壓，卻想戰勝不幸的臉，並非不幸福的女人。那女人的臉上，只是不斷湧現輕蔑別人的冷笑和要戰勝、要戰勝的焦慮眉頭。然而，卻不能認定那些舉動全源自那美的好勝心。畫家之所以被那美吸引，是因為看到自己的同類。正因如此，內心和自己相同，與世界保持距離，也就是持著哀憐的感情，勸進到不近人情的境界。

不過，小說的魅力，不在道白者也就是畫家所敘述的那美。而是那個超脫畫家的思想感情、直接行動的那美。一個又一個的謎團，就在那個「哈哈……」笑聲中逃走的女人身上。畫家想捉都捉不住，知性美、帶著謎團消失的女人。

在那深處裡，無疑地潛藏著母親。

露骨的主題

為什麼可以那樣說呢？有人會反問。若是看一看畫家下山時在做什麼，就明白了。看一看欣賞漢詩和俳句、標榜不近人情、俯視俗世的畫家，住在怎樣的世界、做些怎樣的事，就明白了。漱石為何而不得不寫。那就是《虞美人草》。《虞美人草》

就是《草枕》的主人公、道白者，也就是畫家下到人世間以後的事。

《虞美人草》是漱石在一九〇七年、也就是明治四十年，辭去東大教授進入朝日新聞社那一年所執筆。前一年，發表《少爺》和《草枕》。還寫了《二百十日》和《野分》。從《二百十日》、《野分》、《少爺》、《草枕》到《虞美人草》，雖然頗令人感趣味，不過暫且不表。

總而言之，《虞美人草》是進入報社的第一部小說。在這一部作品裡，正面揭示不為母親所喜愛孩子的主題，不容小覷。《虞美人草》就是一部不為母親所喜愛的孩子處罰母親的小說。

《虞美人草》的主人公甲野欽吾，二十七歲。大學哲學系畢業後，整日無所事事。完全和《草枕》主人公同類型的人物。故事就從和二十八歲的表哥宗近一，一起登比叡山的場景開始，若將《草枕》開頭的台詞由甲野口中說出來，也不會產生任何不協調感吧！無論如何，因為在吸盡紅、藍、黃、紫，想變成不知回歸五彩的化石，若不能如此就想死去，所以可以說和《草枕》的主人公是同一人物。

若提到甲野欽吾的世俗煩惱、世間苦勞到底是什麼呢？就是《我是貓》裡，所謂的親兄弟見離。甲野自幼就和母親死別，被父親再婚的女人、也就是繼母撫養成人。父親和再婚的女人，生有一女。那就是藤尾，二十四歲，絕世美女。父親不知是貿易商還是什麼，很少在家中，最近客死異國。小說中如此設定。

甲野家，資產頗豐。繼母對於非親生的兒子絲毫不疼愛。妹妹藤尾也不愛這個同父異母的兄長。要言之，漱石把親兄弟見離直接設定在小說中。正面把「不為母親所喜愛孩子」這個經年以來的主題搬進去。世間矚目的入社第一部作品，漱石確實是一位誠實的小說家。漱石的嚴重苦惱，不就是這些嗎？

因此該如何呢？當然，就是「那麼，我就消失吧」。

繼母希望可愛的親生女兒能夠繼承家業，讓非親生兒子欽吾消失而有種種計畫。欽吾因此說：好啊！把家業財產全部讓出來，我去當乞丐好了。小說中是說去當日雇工，類似的話。

簡直和《少爺》一模一樣。基本上，和「絲毫不得父親的疼愛，母親只會偏袒哥哥。被母親說再也不想看到你的臉，就跑到親戚家去住」的展開完全相同。

不能不處罰母親

眼看就要離家出走之際，小說中因為宗近的運作就要大團圓，藤尾卻因此自殺。

宛如在復仇一般。好像不為母親所喜愛孩子，為處罰母親而追殺她心愛的女兒。《虞美人草》是不為母親所喜愛孩子的復仇劇。

作者完全站在甲野那方，把繼母和同父異母妹妹描寫成惡的化身，乍看之下好像不露破綻，但是冷靜想一想……不，依照世間一般常理來看，不對的是甲野。東大哲學系畢業的二十七歲大男人，不該對那個察覺已到適婚齡、卻想逃避婚期的女兒多方張羅的繼母做出如此的行為。儘管繼母不喜愛自己、同父異母妹妹也不喜歡自己，多少分些財產給她，把她嫁出去就可以了。總之，只要做出合乎常理的宗近式行為就可以。

然而，漱石卻不讓甲野如此。無論如何，若不處罰母親就不肯罷休。不僅是對付欲望深重又愛面子的繼母，不逼死那個既具知性又美麗、如謎團般消失的女人也不肯罷休。不消說，藤尾當然就是那美的延伸，可說是母親的魅惑核心。

甲野的妹妹藤尾，宗近的妹妹系子，相互交換妹妹的圖表構成故事的基本架構。漱石卻又讓一個和甲野、宗近同年同窗的青年詩人小野清三登場，而掀起波瀾。與其如此，不如說是藤尾藉由恩賜手錶去誘惑秀才小野。那種誘惑手法，和那美一模一樣。她們都是既知性又好勝。

甲野的父親打算把藤尾嫁給宗近。藤尾卻有效地使用具有象徵意義的父親遺物——手錶。自小就喜愛這只手錶經常把玩的藤尾，這原本該屬於兄長所有，要不然也應該屬於宗近所有的手錶，她卻在父親過世後，打算偷偷交給小野。結果，被宗近當面敲破，藤尾知道自己的欲望已經被粉碎。是極為殘酷的行為。

但是，漱石不僅是殘酷。一邊做出殘酷的行為，一邊表現出深愛著藤尾，對她也充滿憧憬。宛如項羽的寵姬虞美人般自決的藤尾，在她死的床邊備有抱一所繪的虞美人草、也就是雛罌粟的屏風，而且漱石仔細描述她死時的容貌。總之，一切都是美的，美的物品當中躺著有張美麗臉孔的人，驕傲的眼睛永遠閉上了。閉上驕傲眼睛的眉毛、額頭、頭髮，宛如天仙美女般美麗。其實，這些有著激烈的愛恨。藤尾、也就是虞美人草，被描寫成最美麗的東西。

對母親的愛恨

當然，《虞美人草》中描述的繼母，不可能是以漱石的親生母親當模特兒。若有可能的話，應該是《道草》中登場的養母阿常吧！無論如何，實在沒必要處罰繼母。事實上，藤尾死後，甲野在判決文上所作的事態說明中也明白，雖然要處罰繼母，他根本是一個靠不住的傢伙。既然可以這般條理分明說明，為什麼在藤尾死前不說呢？

漱石的標的，自始至終都是藤尾。

在《玻璃窗內》第三十七章後半，漱石說依他模糊的記憶，母親直到嫁給父親前都在府邸中奉職。「到底哪位諸侯的府邸？奉職多久？對於甚至連奉職性質都不知道的我，只因好像消失的薰香般的東西還留下的淡淡香味，就覺得那好似留不住的事實。」

話雖如此，漱石繼續說，「我在家中的倉庫看見像錦繪中府裡女中所罩的華麗圖案的衣裳，紅絹裏布的外頭全是櫻花、梅花之類，夾以金線、銀線的刺繡，這恐怕就是當時的裲襠吧！不過母親穿上這衣裳的模樣，我完全無法想像，因為我所認識的母親，是一個經常戴著老花眼鏡的老太婆。」

在《草枕》第六章，記述有一個穿著振袖的高挑女子，不出半點聲音、寂然走向對面二樓的緣側。當然就是那美穿著以前的新娘服要給畫家看的場景。櫻花盛開時節，陰霾的天空逐漸籠罩下來，等待夕陽灑落的欄干，優雅往返的振袖身影。從「余」所坐地方隔著六間的中庭，在沉重的空氣中，寂寥地忽隱忽現。不虧是出自想當漢詩人的作家的堅實文章，女人的豔麗越來越矚目，《玻璃窗內》中的敘述，讓人猛然想起《草枕》的情景。裲襠、也就是打掛，雖然和振袖不一樣，卻同樣華麗高貴。於是，漱石想讓那美穿看看。

在《虞美人草》第二章裡描寫藤尾：疾風之威既成，用制此春之深眼。溯其瞳孔之由，窮其魔力之境。桃源白骨，遂不得回歸塵寰。此非僅夢也，當此迷離夢境漸擴之時，燦爛妖星，終得見余之亡矣。大紫迫眉者，乃彼紫衣女也。這段描述依然是在延伸穿著華服的那美。

無論那美或藤尾，自我意識都很強烈，好像具有現代感的共通點，其實不然。實際上，捨棄男人才是兩者的共通點。

就漱石而言，愛和恨經常都是攜手並肩。我所深愛的妳，為何捨棄我呢？對母親的質問，正是愛恨交織的表現。

漱石心中永遠的女性，有說是大塚楠緒子、有說是嫂嫂登世，雖然諸說紛紜，應該都是正確，畢竟她們都是回歸母親。應作如是思考。

從《礦工》到《三四郎》

寫完《虞美人草》的漱石，看起來總算從「不為母親喜愛孩子」的主題解放。因為這般徹底處罰母親，也許心情會舒暢些吧！雖然很想開這樣的玩笑，不過這才正是不加思索、突如其來的直接反應。譬如連乍看之下好像和所謂母親的主題毫無關係的《礦工》，也不能說無任何關係。

《我是貓》發表於一九〇五年、也就是明治三十八年，絕筆之作《明暗》則是執筆於一九一六年、也就是大正五年，漱石名符其實就是一位二十世紀的作家，僅只十一年間的文學作品的質和量，真是令人驚訝！只能說宛如衝破堤壩的洪水。同時，無論詩、小說、隨筆、評論等，也是相互呼應，毫無贅言、字字珠璣。其實，他在轉進二松學舍的一八八一年（明治十四年）的階段，已經是一個準創作者，之後的二十年間，忍耐再忍耐、累積再累積，而有如此成就也是可以想像的。

《礦工》也是如此。並非把一個偶然離家出走礦工的體驗談作為小說的素材才執筆，而是和自身的主題起共鳴才採用。

為何？《礦工》寫的就是：當《虞美人草》的主人公甲野，說出「那麼，我就消失吧！」最危險時若沒有表兄宗近的救助，又會怎樣？甲野說要去當日傭工、也就是下層勞工，礦工正是下層勞工。或說是那個經常想自殺的苦沙彌老師的變貌也可以。雖然年齡較輕，思想上卻極為接近。

這個主人公，因故無法忍耐而離家出走。他對父母親盡是挑剔、不顧前後，實際上這和甲野的毛病一樣。

其背景——討厭世間、討厭家庭、也討厭看到父母親的臉，卻和二名少女有著三角關係。因為有這般錯綜複雜的關係，確實應該「那麼，我就消失吧」，所以下定決心要像一縷煙般消失。若要像一縷煙般消失，莫過於自殺了。因此，不時作出要自殺的樣子，每次卻都嘎然而止。無論把自殺搞得多麼滑稽，總是不上手。深刻卻又滑稽的語調，和《我是貓》一模一樣。

既然自殺不成，只好自生自滅。離家出走後，雖說被職業仲介所騙，不過連他自己都認為再沒有比深入地底層的礦工更適合的工作了，因此毋寧說主人公希望被騙。既然已經寫到想當日僱工的欽吾，若不追究到底就太不負責任了。一板一眼的漱石會有這種想法，實在也不足為奇！

成為礦工的青年深入地底層、差點死去，然後遇見老安這一位前輩諄諄教誨，深受感動、淚流滿面。不過，他並未因老安的勸說而返家，依然以書記的職位工作了五個月之後才回家。這是《礦工》的概梗。

其實，地底層既是冥界、也是母胎。正是父母未生之前的場域。暗示回歸生命的老安，其實正是原始母親的替代物。雖然老安所說的人生和主人公極為相似，但是這一段人生話語未必很重要。因為一度想死而在這黑暗的地方遇見老安這個生命的象徵，和象徵面對面是非常重要的。主人公與老安默默相對而深受感動。因為面對生命本身，就是一件令人動容的事。

這好似從母親那邊逃出來，又遇見母親般，只是當事人未察覺而已。

《礦工》和《滿韓各地》

《礦工》的感人處，從在地底層面對自己、面對母親的結構而來，這件事情之明朗化，就在翌年的一九〇九年《滿韓各地》連載的階段。那時漱石已經完成《三四郎》、《從今而後》等小說。

《滿韓各地》是受老朋友滿州鐵道總裁中村是公的邀請的旅行記錄，和當時流行的同類文章相比較，令人感到並非以紀行文方式問世就比較好。因為他不把滿州當成地理性、政治性來俯瞰。原本就沒那種意圖。旅行是旅行，卻是拜訪中村是公以外許多舊識的一趟過往之旅。心理上，這個要素非常強烈。因此，毋寧說這是一本小說。坐小火車到溫泉途中，因為震動而胃越來越不舒服的場景，既可笑又可憐，讓人想起果戈里（Gogol）和卡夫卡（Kafka）。因為只仔細描述眼睛看得到的東西。

《滿韓各地》之所以有那種不完整的結束方式，正因為如此。最終一回的最後一節，以「餐後將到坑內參觀」作為開始。「所謂坑內，指中國遼寧省有名的撫順礦坑。有位叫田島的技師帶我們參觀，入口處點著五盞安全燈，準備五根手杖，各自分用，一間（約為一．八二公尺）長的四方礦坑，斜斜、長長地一直往下，走了約有十四、五間吧！坑內變得漆黑一片。不久，田島君停下腳步，休息了五、六分鐘。因為要讓眼睛習慣黑暗。

時間在寂靜中移動，多少有些恐怖。這適應當中，黑暗處自然就會變得明亮起來，不久田島君說：應該可以了吧！於是向右轉，往更深的坑內走下去，我繼續跟下去，另外三個人也跟過來……」。原本漱石就想在此擱筆。宛如往坑內下去的入口，就成為連載的出口般。在報紙上連載到此，已是除夕了，因為已經越過二年實在很奇怪，所以決定暫且停住。──漱石如此告訴讀者。根本是故作無辜狀的結束方式。

然而，若是紀行文實在很不完整，若是小說就不能不說是極具暗示性。因為只要是漱石的讀者，就一定會想起《礦工》。想起這本自己內心之旅的小說。

無疑地，漱石本身一定也會想起。寫出《滿韓各地》，結果是一場體會過往之旅、也是自覺宿病意義之旅、更是自己的內心之旅。

雖說是除夕沒錯，若是自己的內心之旅，就此打住當然最適當不過了。在坑內入口的寂靜黑暗中短暫過後，在深處又深處的底層等待的，無非就是要面對自己本身。仔細思考，這無非正是以《三四郎》為首的初期三部作的主題。而且，其主題就是未察覺被愛的罪，等於就是《虞美人草》的翻轉過來。

所謂成為他者是什麼事呢？

在《礦工》裡還有一件重要的事，就是文體的大改變。雖然和《少爺》、《草枕》同樣以第一人稱敘述，題材卻都是他人的體驗。縱使被漱石全然消化，因為是以十九歲青年的角度敘述，幾乎不見以漢書籍表現的影子。取而代之，不外乎十九歲青年的意識流。這也顯示漱石在此階段已經使用二十世紀最先端的小說技巧，總之把學究式的說教一掃而光。到《三四郎》時更加明顯，想表達的思想完全透過登場人物來表明。

簡言之，漱石把自己訓練成他者。當然啦！《少爺》也不能說就是漱石本身。但是，寫出來的事卻植根於自身的體驗。《礦工》全然不是如此。可以清楚地意識到，漱石在此完全以他者的立場在寫書。

為什麼人可以站在他者的視點來思考呢？這可說是漱石對自己本身的質問。人為什麼可以化身為他者呢？當然啦！因為所謂自己原本就是從他者而來的。所謂自己，是以他者的視點、他者的體驗成為自己。其實，這就和學說話完全相同。語言的意義，不外乎是對他者所具有的意義。總而言之，人在成為他者時才能說話。簡言之，所謂說話這件事就是成為他者這件事。自己和他者的區分，原本就不是很清楚。

譬如，在開始懂事的三、四歲幼兒身上經常有的事——跌倒因腳痛而正要哭出來時，父母或祖父母，卻毫不關心地摸著自己的腳，說「好痛！好痛！」的假裝哭起來，幼兒瞬間會愣住，然後說痛的人不是你呀！是小明明才對呀！叫著自己的名字認真地抗議。大抵在抗議當下，就會忘記自己的痛。總而言之，縱使痛的感覺很清楚，那是什麼呢？誰的東西呢？仍然不清楚。

主動和被動的區分尚未清楚。從幼兒在和朋友打架後，會像自己被打一般哭泣的例子也顯示出這種道理。這和「自（自我）」、「他（他人）」的區分有密切的關係。

人對於自、他的區分，正是這般曖昧不清。當然具有動物的自體感，那卻和所謂人類獨特的自我現象完全不一樣。正因為如此，人才可以將戰鬥和支援置於同一顆心。對於他者的痛，會發出哀鳴。若非如此，就不會讀小說、不會看電影了。

舞蹈和戲劇的起源也在此，同時也是為什麼只有人類是殘酷動物的理由。動物不會拷打同伴。人類發明拷打，也許令人覺得不可思議，反過來說，因為可以成為被拷打之身、因為明白他者的痛苦。

所謂成為自己是什麼事呢？

很久以前的日本，酒是用很多人的唾液釀造而成。譬如以年輕女性吐出來的唾液來釀造。現在想來，簡直是無法想像，在沒有販賣酵母菌的時代裡，自是理所當然。同時，這也顯示當時的自、他區分並不清楚。或說是這種形式極為清楚。共同體的女性，在某次元裡，成為一種物品。這一點也不奇怪。就好像母親為乳兒把食物嚼碎，再拿出來餵養。這就是沒有自、他區分。

但是，一度察覺自、他的區分，也就是身體具有社會性意義的同時，察覺所謂個人的意義後，對此事就變得過度敏感。譬如一到思春期，就不願吃人家吃過的食物、喝人家喝過的水。一切的食、衣、住，對於自、他的區分相當敏感。

文明的發展也可作如是思考。禮儀中最重要的就是自、他的區分。還有就是懂得自、他的區隔。古今中外都一樣，禮儀當中的用餐禮儀特別重要。文藝復興的餐桌禮儀，吃剩的食物不能放回鍋內。由此可見，在此之前放回鍋內是稀鬆平常。

現在也是一樣。當自己去思考誰吃剩的食物才可以吃的話，就會明白自己所生存的文明水準裡，自己是如何思考自、他。若思考自己會去誰吃剩的食物的話，甚至可以明白自己愛的型態。

這些好像和漱石所敘述並沒關係，其實不然。

在《從今而後》中恰好就有一個例子。第十章裡，主人公代助喝過的水，不讓三千代喝。

初夏，拜訪代助的三千代，看到代助正在睡覺又跑出去，繞道去買白百合，遇到驟雨急忙趕回去。她想要喝代助喝剩的水，被代助阻止。

在漱石的作品中，《從今而後》的完成度相當高，這件事不僅顯示代助的神經質。也顯示兩人關係起了大變化，三千代以身體察覺，代助自始至終都只以頭腦察覺。代助對自己喝過的水很在意，雖然是對三千代人格的尊敬，同時也宣示對三千代的距離。人若不懂得保持適當的距離，就會變成神經質。

漱石的作品中，飲食的場景經常是很重要的。

《三四郎》中的他者

在《礦工》裡變成他者的手法，到《三四郎》裡更是高度發揮。這在《三四郎》的開頭就明白表示。

《三四郎》這部小說，以三四郎搭乘從九州開往東京火車上的場景開始。當時沒有新幹線，得在京都、名古屋相繼停車後，換車繼續前進。不只是換車，有時也不得不在當地過一夜。

車內，在三四郎的前座，坐了一位從京都上車的女人。皮膚有些黑，不過比起鄉下許婚者的姑娘好得太多。雙唇緊閉，眼睛明亮。三四郎對她頗具好感，幾乎每五分鐘就往那女人瞄一眼。聽說是和前往大連的丈夫失去聯絡，要回到孩子正在等待的娘家。列車在名古屋停下來。女人和三四郎一起下車。

因為女人說一個人會害怕，拜託三四郎帶她去找投宿的地方。由於三四郎優柔寡斷，結果女人和三四郎同往一家宿屋、同住一間房間、同蓋一條被子。三四郎用一條床單把被子隔開睡。一夜無事直到翌朝，三四郎被女人說，你真是沒膽量！

三四郎的心情，頓時好像被暴露自己二十三年來的弱點般，暗想：世上怎會有那種女人？不過，就女方的立場看來，才真是莫名其妙吧！五分鐘眼睛就飄過來，即使不是求愛，也是表達好感，暗示潛在的慾望——如此接受，有何不對呢？

無論描繪得多麼土氣、沒教養，這個女人確確實實就是《草枕》中那美的延伸。還有無疑正在預告那個說出「迷途羔羊」（stray seep）而風靡一世的《三四郎》女主人公美禰子的登場吧！

因此，漱石化身為和三四郎同床的女人，也化身為美禰子。正因如此，無論女人的慾望還是美禰子的慾望，雖然他本身都已察覺，卻以未察覺般的曖昧領域來描述。

直指那曖昧領域的漱石，可說是「無意識的偽善家」（unconscious hypocrite）。用來形容美禰子非意圖的媚態，和「迷途羔羊」同樣膾炙人口，可是仔細一想，三四郎才是無意識的偽善家的最代表人物。因為對自己行為所持的意義絲毫未察覺。

未察覺愛之罪

女人也罷、美禰子也罷，對三四郎都持有好感。那是對三四郎也持有好感的回應。儘管如此，傻呼呼又毫無反應的人卻是三四郎。雖然一再強調自己是純真的鄉下人，三四郎也已二十三歲了，根本就是一個成年人。何況還是明治時代——女人在十幾歲就會出嫁了。

《三四郎》這部小說就是從九州高中畢業後到東京讀大學的青年三四郎，喜歡上都會的美麗知性女子美禰子的失戀故事，美禰子批評三四郎的鈍感——甚至連附有索引的人心也不試著去碰一下的溫吞者。從文脈來說，附有索引的人應該就是美禰子吧！仔細思考，更多的成分正是三四郎本身。三四郎的行為，等於是三四郎內心的索引。縱使如此，三四郎卻被描述成甚至連自己內心的索引也不去查的學生。

異常的人是三四郎。

許多讀者，順著作者的筆勢，會認為三四郎的純情樸素是鄉下人的美德，當時東京大學的學生很多都是鄉下人，許多政府高官也都是鄉下人，這些一點都沒錯。鷗外、子規都是鄉下人。這些人都不像三四郎那般。時代越近越是如此。立刻明白三四郎的鈍感是異常。

鈍感就是罪。三四郎未察覺被愛之罪，是犯了鈍感的罪。換言之，三四郎就是《虞美人草》中的甲野，當然作者本身也是全面參與，也許為母親所喜愛卻強辯不被母親所愛，取代犯下殺死妹妹以處罰母親罪過的甲野，進一步也可說是取代作者，有如救贖一般。

《三四郎》不過是把《虞美人草》的體驗翻過來。原來取代藤尾的美禰子，玩弄了取代小野的三四郎的心後才把他拋棄，這件事在小說的最後，因美禰子的嘟噥——我知道我錯了、我的罪經常浮現在面前，雖然她本身理應知道，換個視點來說，那只是對待三四郎的鈍感而已。

不僅是《三四郎》，《從今而後》、《門》等連續三部作的主題，就是未察覺自己所愛、自己被愛的罪。三部作品都是因為未察覺自己所愛、自己被愛的復仇故事。在《虞美人草》裡，甲野斥責母親，這三部作恰好相反，甲野被母親斥責。當然啦！不是《虞美人草》的繼母。而是母親般的人、女人般的人。

那和三四郎的性格有很大的關係。

映照出漱石的雨山之眼

修改《草枕》中漢詩的長尾雨山，在昭和十二年刊行的《漱石全集》月報十六裡有一篇文章。以五高時代同僚身分接受記者訪談，提到漱石曾經拿過二、三次詩稿給他看，認為漱石是一位正派的人，從事文學更是小心翼翼。

因為看過漱石的俳句，請他寫在卡紙上送給自己，沒想到話一出口，漱石竟然面紅耳赤地推辭，由此大略可看出他的人品。大部分的人應該都會欣然寫來送人，夏目君不合常理的謙遜態度，終究還是沒寫。

這是漱石三十一、二歲發生的事情。以漱石晚年弟子看慣的漱石老師的身影，恐怕也感到意外吧！還有想想《少爺》裡威風的江戶子模樣，再次看漱石也會感到意外。然而，同僚眼中的漱石未必是錯亂的，夢見自己用掉別人的錢而走投無路，漱石形容自己本身是器量狹小。從此事也可窺探一二。

三四郎和漱石的相差應該不致懸殊。那種性格，算是三四郎代償漱石的一面。雨山在學生時代，曾經拜訪東京的清朝公使館，筆談的應答讓清朝公使大為震驚。如此的雨山，在評論漱石時以小心翼翼來形容，這非得相當注意不可。《三四郎》中所描述的三四郎的母親，和《少爺》中的阿清完全相同，母親寫給三四郎的信裡，提到你從小沒膽量，這樣可不成，這也可相互對應。

小心翼翼正因為沒膽量，卻成為不應該被愛的態度，雖然也可以看成是謙虛，但是內心卻不如此認為。小心轉變成大膽、謙虛轉變成傲慢。轉變的瞬間，就會說出「那麼，我就消失吧」。所謂小心翼翼，雖然纖細又鈍感、明白畏懼，可是大概不明白畏懼的方法吧！

快到結局時三四郎的行為，正顯示其性格。聽說女方要結婚就發燒臥床，四、五天後爬起來，前往女方家聽說她在教會，於是站在教會前埋伏，終於等到女人出來，靠過去想問：聽說妳要結婚了？此時的三四郎卻是口乾到舌頭黏住上顎。

這可不是一般的緊張。讓人想到這個緊張症該不會源自被美禰子的拋棄吧！所謂因為是鄉下人，根本構不成理由。

《三四郎》裡，未察覺被愛之罪的這個主題，因為三四郎逸於常軌的緊張症而被罩上紗幕。這就是同樣的主題，必得在《從今而後》和《門》裡反覆的理由。

初期三部作的頂點《從今而後》

《三四郎》、《從今而後》和《門》被稱為初期三部作。這並非在描述一個人的成長過程。主人公各有各的境遇，也各有各的性格。儘管如此，一系列讀下來，一種不幸戀情的形式就成為其主題。還有小說的技法也是一以貫之。被稱為後期三部作《過了彼岸》、《行人》和《心》，其共通點為，以不同主人公的幾個故事並列，構築新的作品世界的小說技法，表現出明確的對照。

前期、後期三部作，由於各自潛在相同的主題在環繞周圍，更值得稱之為三部作。初期三部作的潛在主題，再三重複的就是「未察覺被愛之罪」。還有「未察覺愛之罪」。描述這件事，再沒比《從今而後》更優秀的作品。

《從今而後》可說是神乎其技。只能以「沒有一處細節是不必要」的完美作品來形容之。

《三四郎》也是如此，《從今而後》是從睡夢中醒來的場景開始。看見枕頭邊有一朵掉落的山茶花，想起昨夜剛入睡，曾聽到花落的聲音。無論是夢、睡眠、花，全都是重要的關鍵，為小說的展開上顏色。唉呀！光討論這些細節，恐怕得需要好幾本書來研究吧！實際上，如此的研究書籍業已出版了。

然而，在此我只想碰觸所謂「未察覺被愛之罪」，這個最重要的潛在主題。《從今而後》的主人公是一個高等遊民，也就是不必工作卻過著富裕生活、又享有地位的青年長井代助。每個月向企業家父親伸手要錢過生活。繼承其父多項事業的是兄長誠吾，誠吾的妻子、也就是嫂嫂梅子，邊張羅代助的未來，邊代母職多方照料他。兄嫂有十來歲的一子、一女，代助獨居一屋，有下女、小廝伺候，過著舒適的生活。

有一天，代助收到一張明信片。學生時代的好友平岡常次郎的來信。原來代助不僅介紹好友菅沼認識平岡，在菅沼因流行病驟逝，還讓一直當成自己妹妹照顧的菅沼的妹妹三千代和平岡結為連理，兩人是如此關係的好友。來到代助家的平岡，因為被關西的銀行開除，想到東京找工作。當然也把三千代一起帶到東京。

代助對三千代抱著好感以上的感情，在第一章末尾，從描述他在收到平岡的明信片後，特地找出相簿，凝視三千代的照片的場景就可分曉。

平岡到東京，把代助壓抑許久的感情挖出來。

為什麼拋棄我呢？

平岡回到東京後，代助對三千代的感情日益升高。已經到了無法壓抑。與其如此說，毋寧說他清楚自己原本就愛著她。父親和兄長認為代助無法接任事業也罷，總而言之希望他早日結婚成家，由於和企業家千金的婚談一直都在進行中，並且逼代助早日作出決定，這反而使得他對三千代的愛更加鮮明。這種安排真是精彩。

其中以第十四章更令人拍案叫絕！代助明白告訴嫂嫂婉拒婚事的理由，因為自己已經有喜歡的女人。這句話意味著再也不能向父兄伸手要錢的決心。然後，把三千代叫出來，表白自己的心境。

代助和三千代毫無隔閡地談起五年前的往事，這個場面只能說是神乎其技。在此，漱石比起代助，更多是站在三千代這邊，成為三千代。不！他已經附身為三千代。

代助說，我的存在須要有妳，無論如何都須要有妳，請妳要瞭解！三千代哭了，抽抽搭搭地哭著說，這也太過份！

之後的展開，最令人叫好！

為什麼？三千代開口後，躊躇一下才冒出：為什麼拋棄我？然後拿著手帕掩面哭泣。以微弱的聲音說，太殘酷了。小小的嘴角還在顫抖。

本來就是如此！

明明也是兄長的期望，而彼此也都具好感的對象，為什麼要讓自己和兄長的同學……不，和別的男人結婚呢？而且事隔三、四年，說什麼其實很喜歡妳、不願意死心，還要求自己和那個男人分手，來和他在一起。這只能說實在太殘酷了。

這個場面簡直就是翹首以盼的高潮戲終於登場，更重要的則是附身為三千代的漱石，宛如必然得面對代助並質問他，為什麼拋棄我？這件事實。

這是一舉超越「未察覺被愛之罪」，而從正面來的質問。代助本身也感到很意外吧！並不是被愛的問題。這一句話，可說讓作品的整個色調一下子改變了。不僅是《從今而後》從《三四郎》到《虞美人草》、《草枕》、《少爺》……，一瞬間色調全變了。

所謂，為什麼拋棄我？這是幼年時期的漱石，最想丟給母親的質問。雖然想，但始終未丟出的這個質問，緊緊纏繞著若被人拋棄，那就由自己先拋棄別人的理論，為超越那種煩悶，遍讀漢書籍，選擇表現者的道路。這正是成為那個質問的契機。

然而，作為表現者必然得轉換成他者的現在，面對應該是自己代言人的代助、也就是面對自己本身，漱石清楚丟出質問。為什麼拋棄我？

這個質問，不僅發揮出故事展開橫軸上一把銳利刀鋒的功用。對於所謂漱石這位作家，所謂漱石的全體作品，宛如一把錐子般垂直刺進。

自己並非被母親所棄，反而是自己拋棄母親，不是嗎？

三千代全面性的存在

此後的發展，具有壓倒性存在感的是三千代，而非代助。作家竟能如此附身為登場人物，實在令人驚嘆！至少在這階段，三千代連漱石也超越。

為什麼拋棄我？對於這個質問，代助答說：因此才受處罰，至今仍是單身。三千代說道：這不是你本身的任性嗎？我恨不得你早日結婚成家。代助答道：不！我希望妳一直報復我。

罪與罰與報復。這是《虞美人草》以來，漱石一貫的發想。不過，箭頭的方向在此變得不一樣了。代助，不！漱石本身成為被質問的對象。

代助以代助的理論一以貫之。也許為持續保有高等遊民的地位，才會發生和三千代的事件。因為若和三千代結婚，說不定得走上當老師之類的道路。代助堅持要當一個站在遠處眺望世間一切的高等遊民，還有他認定為錢而工作是墮落等的連篇謊話，甚至可以認為，對代助而言，這就是三千代的報復。甚至可以如此思考。但是，就三千代的立場，那不過是任性頭腦的遊戲。

不久，從不動聲色的三千代嘴唇間，以低沉的聲音斷斷續續地一句一句說出——無可奈何，覺悟吧！這是捨棄平岡、選擇代助的決定。代助如同被人從背後澆了盆冷水般顫動。不錯！恐怖極了。

在《三四郎》裡的廣田老師和在《從今而後》裡由代助所擔任的文明論等，因這句話而給人被吹散的印象。母親的問題在《虞美人草》已經終結，若認為此後將是高度文明論的展開的話，卻絕非如此。

三千代所謂的覺悟，不外乎賭命的覺悟、死的覺悟。也就是「好吧！那就一起去死吧！」三千代的覺悟，相較於此後將無法再向父親要錢而再度動搖的代助，三千代絲毫不動搖的印象更加鮮明。照料同床異夢的丈夫而昏倒，也只能認為那是強烈覺悟的表明。三千代宛如真實般地存在。

以漱石的意識，透過這種高等遊民，現代日本開化究竟有多麼廉價呢？西洋三百年的歷史充其量只以五十年來吸收，由此產生的矛盾又是多麼嚴重呢？也許他打算生動地描寫這些現象吧！所謂想寫出能與西洋小說並列之作的野心當然另當別論，或許也具有方才所說的野心吧！然而，那是誰都可以做的事。實際上，此後有許多的評論家只論述這些。

但是，那些事都不是問題。所謂為什麼拋棄我？這個三千代的質問之所以鮮明，代助、還是漱石，在不能使用「那麼，我就消失吧」台詞的地方卻使用了。既愛菅沼之妹、也被愛，卻因平岡的登場，宛如壞習慣般又說出：「那麼，我就消失吧」。現在急迫的三角關係，可以說是起因於數年前漱石本身的壞習慣。

在《門》之前

《從今而後》的主題，並非經常被提及的所謂日本近代的矛盾，也不是透過仔細描述代助的神經過敏而來追求近代中突顯的自我問題。而是透過三千代的嘴所問的「為什麼拋棄我？」問題。換言之，等於為什麼「那麼，我就消失吧」的理論，不得不在此出現的問題。更直接的是所謂自我問題、自己，到底在何種情況下出現的呢？和這個問題也有很大關係。

在可以說是《從今而後》續集的《門》裡，文明論等大概不成問題，因為從宗助害怕宛如平岡化身的安井可能會意想不到出現在附近，而忐忑不安直接前往參禪這件事看來就非常清楚。

雖然《門》的主人公宗助和阿米夫婦兩人的境遇多少些不一樣，不過說是後來的代助和三千代也可以。漱石冷不防以殘酷的命運再三撥弄無罪的兩人，簡單來說就是半開玩笑地把兩人推下坑洞。由於宗助奪走安井的妻子阿米，以無罪來形容並不恰當，只能認為戀情本身是無罪的。同樣道理，代助和三千代也變成無罪。根據代助、還有漱石的看法，只能順從老天的法則。

漱石完全沒打算把文明論帶進《門》。宗助和阿米兩人，在寂寞平靜的生活玩味著某種甘美的悲哀，但是嚐盡這種味道之餘，卻無緣於文藝或哲學，並不具有對自己的狀態心滿意足的自覺的知識，比起同樣境遇的某些詩人或文人等更加純粹。從這件事也可以理解。這毋寧說是漱石對於邊喋喋訴說近代不安，卻又邊消磨時間的詩人、評論家、小說家的批判。

話雖如此，宗助那般畏怯安井現身的理由，未必可以明白分曉。既然是無罪的兩人，除了低頭道歉說聲「請原諒！」之外應該別無他法。充其量也只能期待安井健康、成功，就很感恩了吧！然而，宗助卻有一週以上未去上班而跑去參禪。

宗助之所以如此苦，還是肇因於可說是夫婦前史的《從今而後》的焦點問題。

被動和主動的逆轉

《從今而後》的焦點問題，又是什麼呢?就是「為什麼拋棄我？」的問題。作為當事人而言，不是拋棄人，而是被人拋棄，也許是自己讓自己被人拋棄，這等同拋棄人。幼兒不明白被動和主動而造成混亂，實際上不明白的不僅是幼兒而已。「那麼，我就消失吧」的理論看起來像似被動，根本是豈有此理。是主動，不！甚至具有攻擊性。最讓代助大為吃驚的，莫過於三千代自始就看透這一切。你不是被拋棄，而是拋棄我。

不僅是三千代，嫂嫂梅子也是如此。她說，毫不客氣要錢，你把全家當傻瓜看待。這是對除了玩票的勞動外、沒有任何像樣工作卻若無其事的代助的批判。也許你打算拋棄世間，只不過卻被世間拋棄，為什麼還裝出一副了不起的模樣呢？

《從今而後》的代助所被追問的，則是說出「那麼，我就消失吧」的自己，到底是什麼呢？這正是所謂不被母親喜愛孩子的主題的核心。在《門》裡，畏怯安井出現的宗助，結果只能作如是想——享有漱石本身的不安。給予宗助一個父母未生以前的本來面目的公案，也可認定如是的象徵。

實際上，這個推理是正確的。因為接續的小說《過了彼岸》，更加真確地追求那個問題。不過，在真確地追求那個問題之前，縱使是一瞬間，漱石也得去體驗死的滋味。所謂修善寺吐血的體驗。漱石把那個體驗整理在《往事種種》這篇文章。

漱石在此，起很大的變化，有很大的飛躍。

這讓人想說，漱石本身就是一部作品。

被拋棄和拋棄

所謂「不被母親喜愛孩子」這個漱石人生上的主題，在《虞美人草》理應暫告終結。然而卻絲毫未結束。《三四郎》、《從今而後》和《門》的底流，既未察覺愛、被愛的罪，也未察覺拋棄、被拋棄的罪。而且，經常引發「那麼，我就消失吧」的理論。總之，「不被母親喜愛的孩子」這個根本的主題不曾須臾消失過。

為什麼拋棄我？三千代這句話之所以強而有力，不僅是讀者、連代助也感到意外。可以說有如冷不妨被擊中。無疑地，作者也冷不防被擊中。

演講、評論的文明論，就如同是數學般的東西。像是牙痛啦、失戀啦、一加一等於二，確實如此，也必須如此。小說卻不一樣。由於要給對方一個像夢般的東西，不知道作者到底要出什麼招。若非如此的小說，就很沒趣。所謂連作者也冷不防被擊中的小說，就是對小說最大的讚美。

《門》這部小說，竭盡全力要處理《從今而後》的後續問題。不過，漱石卻力不從心。因為《門》讓人有些虛弱的感覺。

儘管如此，為什麼會有被出其不意打一拳的感覺呢？代助既未和三千代海誓山盟、也未有任何約定。單純只因平岡比自己先表明心意，於是認為犧牲自己的未來成全平岡，就是朋友之道。若用代助的話，俠義心就是把女人讓給朋友。當時毫不後悔。也就是未察覺愛。開始自問為什麼要退讓呢？已經是過了很久以後的事了。

因此，被出其不意打一拳。

然而，女方卻不作如是想，也是十分自然啊！女方的兄長，把培養妹妹興趣的事全委託這個朋友、也就是代助。代助接受這個委託，妹妹也欣然順從。女方認為這意味著婚期近了，根本不足為怪。看到代助在斡旋自己的婚事，自然會認為是被拋棄。

當然啦！在平岡表明心意後，在代助自己下決斷之前，為什麼不先去問三千代呢？大家可能會對這件事起質疑。不過就算去問，也只能說：平岡是這樣說的，那麼妳怎麼想呢？以三千代的立場，如此被問的本身，就是意味著被代助拋棄。無論何種意義，三千代都會認為自己被拋棄，自是理所當然，而代助竟然做出這般殘酷的事。

心之鎧甲

為什麼代助會做出這般的事呢？

也許代助封住三千代愛自己更甚愛平岡的想法，為什麼封住這種想法呢？因為萬一自己不被愛，他如何受得了呢？由於受不了所以自始就封住。只想居於超然的立場。正因如此，所謂對世間一切保持距離才能冷眼旁觀的理論，於是就逃往這種說法。

平岡表明心意時，代助流著淚發誓要協助平岡。為什麼哭泣呢？只能認為他感動於自己的定位。其實，他絲毫不把三千代放在心頭。如同為超然於對母愛的懷疑，集全力於漢書籍般，他對這個自己感動得痛哭流涕。

雖然代助一日不能沒有洋書，不過比起俄羅斯知識份子之類，更像中國的傳統讀書人。一言以蔽之，執拗於世情。

有關《從今而後》戀愛形式的發端，若要追根究底的話，根本和《少爺》裡，「被母親說了再也不想看到你的臉，就跑到親戚家去住，在這當中母親過世」的模式一樣。深信自己絲毫不得父親的疼愛，母親只會偏袒哥哥。總之，這些事形成不得不如此做的所謂「心之鎧甲」的人格，導致他經常都會採取同樣的行為模式。無法面對面去詢問，卻採取完全相反的行為，如同哀嚎般的問話，其結果適得其反。

代助應該就是拋棄三千代的人，在拋棄別人前，卻表現出自己好像才是那個被拋棄的人。少爺也是一樣。以自己的被拋棄，來拋棄母親。對於松山和松山中學，也是採取同樣的行動。三千代的一句話，不僅代助、連作者、讀者都被嚇呆了，因為她直截了當指出問題的關鍵，在於那個心之鎧甲。

從《我是貓》、《少爺》到《門》，無論表面的主題如何變化，心之鎧甲始終無法熔掉。所謂不被母親喜愛的孩子，這個漱石人生上的主題，以心之鎧甲來表示應該是最為合適的話語。要言之，自己難道不是不被母親喜愛的孩子嗎？由於這個痛苦的疑問而形成一種心的癖性、行動的癖性。

所謂癖，就是明知故犯。一般所稱的個性，就是心的癖性。往昔，譬如在江戶時代，沒有「個性」這種時髦的話。而是說心的癖性很強。到了明治時代快結束時，才變成個性強、個性的之類形容詞。

如同藝術家為了如何和心癖相互妥協而戰般，其實任何人都是一樣的。思想家啦、政治家啦、沒有絲毫不同。當人們指出思想家的癖性、政治家的癖性，不過是在說這人具有獨創性、魅力性罷了。

《過了彼岸》的破綻

雖然前述演講和評論，以一加一等於二來比喻。當然啦！小說並非就沒有這種要素。譬如拿《過了彼岸》來說，如同漱石本身在連載前所說般，將以短篇綴成長篇的實驗性嘗試，這個嘗試非得依自己的意圖達成不可。也就是非得以短篇連作的形式完成不可。這所代表的意義，就是一加一非等於二不可。

不過，這種形式並未達成。雖然《過了彼岸》是以〈風呂之後〉、〈停留所〉、〈報告〉、〈下雨日〉、〈須永的話〉和〈松本的話〉等六篇短篇所綴成，卻未如意圖般達成。雖然漱石在最後的〈結尾〉中，自述以短篇連作完成這部作品，其實根本就不是這麼回事。它完全沒有短篇小說的重量。任誰讀來，〈須永的話〉都是其中最為出類拔萃的。讀者在此感受到有如碰撞到小說的芯般。看起來作者好像以無法抗拒的力量，使大家捲入這個漩渦的中心。說是露出破綻也可以，但是這個破綻使得《過了彼岸》之所以成為《過了彼岸》。

漱石想以《門》作為《從今而後》的善後，結果還留待〈須永的話〉來解決。看起來確實如此。〈須永的話〉是由《從今而後》最重要部分的擴大，因為有如以顯微鏡來看事物。更重要的，還是《虞美人草》這部複雜作品的翻面。

若把和《過了彼岸》小說劇情無關的〈須永的話〉為中心，簡要言之，主人公並不是擔任狂言回角色的田川敬太郎，終究還是須永市藏。市藏是父親和女傭所生的孩子，女傭被解僱，生下的孩子也就是市藏，由沒有血緣關係的母親、也就是養母撫養成人。這件事直到市藏長大成人始終被隱瞞。

市藏由膝下無子的夫婦疼愛有加地撫養著，數年後妹妹誕生。但是這個妹妹年幼就過世了。之後父親也過世了。父親臨終時說，若還像現在這般調皮，連媽媽都會不理你囉！不能不乖一點喔！這些話至今留在市藏記憶中。媽媽還是會像現在一樣疼愛你，放心吧！這些話也還留在市藏記憶中。雖然市藏不明白什麼意義，卻感覺到曾經發生過什麼事。

母親有一個妹妹、一個弟弟，妹妹嫁給企業家田口，弟弟則是繼承松本家的家業，享受著高等遊民的生活。對市藏而言，這兩人是阿姨和舅舅。母親在田口家的長女千代子出生時，一直希望她將來一定要嫁給市藏。這表示母親極希望有血緣的連結。

母親和市藏建立一個孤兒寡母的親密家庭。依照舅舅松本的說法，遠比親母子還好的繼母和繼子，母親就這樣手握祕密、兒子大概也會這樣被握住祕密吧！兩個人對這個祕密都非常恐懼。要言之，相互體諒持續偽裝下去。

母親對外甥女千代子如同親生女兒般疼愛。千代子也經常來阿姨家。市藏和千代子如兄妹般相處，這就是往昔經常有的指婚。一切的問題，都發生在市藏拒絕千代子的婚事而爆發。

《過了彼岸》和《虞美人草》

至此的要點，我們明白《過了彼岸》和《虞美人草》具有相似的構造。須永市藏就是甲野欽吾，母親都是繼母。千代子的位置相當於藤尾。若以血緣來說相當於表姊妹，以性格來說終究還是相當於藤尾的位置。不一樣的地方，只是無論繼母還是千代子都是由衷地喜愛市藏而已。然而，須永市藏和甲野欽吾完全一樣，對這個愛卻抱著懷疑的態度。

由於須永和甲野的性格相似，《過了彼岸》宛如是把《虞美人草》立在一個新觀點重新改寫。

如何改寫呢？很簡單，若在《虞美人草》裡純粹只是甲野的被害妄想症，又會如何演變呢？就是以這個觀點來改寫。進一步說，就是對《過了彼岸》的甲野宣告：那不過是你的被害妄想症而已。那就是〈須永的話〉的架構，宣告的當然不是藤尾而是千代子。

雖然〈須永的話〉以須永對敬太郎談話的形式寫成，卻可以分為二部份。第一章到第十二章是一部分，另外從敬太郎插入後的第十三章到最後的第三十五章是另一部分。前半部談及到大學三年級為止和千代子的相處，後半部則是談及大學三年級將升四年級的暑假，前往鎌倉的田口家別墅所發生的事件。在兩部分都是被千代子所愛卻無法坦然接受的須永自己，不！還不如說未察覺被愛、裝作未察覺被愛而把自己的行為正當化。

在前半部，須永首先認為田口夫婦好像不喜歡體格孱弱、臉色蒼白的自己當女婿。當然這不過是懷疑的推測而已。

有一次，阿姨說市藏也到了該找太太的時候了，找一個賢淑、溫柔的女孩比較合適吧！當他自嘲到哪裡去找一個好像要人家來當護士的太太呢？又有誰願意嫁過來呢？千代子從遠處回答，我嫁過去吧！阿姨說，像妳這種大刺刺又心直口快的女孩，市藏不會喜歡啦！市藏認為這就是拐彎抹角在婉拒婚事而離席。曾經有過這樣的對話。

不愧是漱石，把這件事解釋成拒絕實在於過於勉強。雖然勉強，市藏卻如此解讀。為強調如此解讀的市藏的異常，另外有二章談到有一次在田口家，只有和千代子兩人獨處所發生的事情。當兩人談論往事時，市藏對於千代子把往日的點點滴滴記得遠比自己清楚一事感到驚訝。不僅如此，自己所畫的千代子的肖像畫仍被珍藏著，她說是要當嫁妝。

市藏說那種見不得場面的東西，還是別拿去當嫁妝吧！千代子卻說因為是我的東西，所以要帶走。——應該還沒決定吧！——不！已經決定了。

此時，市藏嚇得心臟發出波浪般的拍打聲，汗水從背後和腋下冷不妨襲過來。千代子把畫夾在文庫本抱著站起來，由上俯視著市藏清楚地說，騙人的啦！隨後就往自己房間走去。

《過了彼岸》和《從今而後》

至此，若還未察覺被愛就是傻瓜，市藏就是那個傻瓜。不！雖然已察覺，卻拒絕察覺的傻瓜。

這個展開，使人不得不認為《虞美人草》裡的繼母和藤尾，是否因為以市藏般的觀點來描述才會變成那樣的呢？由於以深信自己不被母親所喜愛的甲野來描述，才會出現那般的結局，不得不讓人認為無論怎樣的繼母和同父異母妹妹，一般說來都不該有那樣的發展。因此，也只能認為《過了彼岸》是漱石自己對《虞美人草》的批判。

然而，《過了彼岸》更讓人想起《從今而後》。代助和三千代，經菅沼的默認，兩人有如兄妹般相處……這不是很相似嗎？代助也一樣未察覺被愛。不！明明已經察覺卻拒絕承認，代助把三千代叫出來，我的存在必須要有妳——在作此告白前，兩人暢談五年前往事，市藏和三千代同時回顧和自己一起成長的過去。其實，《過了彼岸》和《從今而後》的關聯更加深入。

市藏對敬太郎談到，自己真心覺得千代子很高尚。千代子看起來之所以大剌剌、心直口快，是因為她以女人溫柔的感情、卻冒然把自己投出去所致。之所以下不了決心和千代子結婚，因為千代子是一個不知害怕為何物的女人。相對於她，自己卻是一個只想著壞事會發生的男人。

不知害怕為何物的女人和只想著壞事會發生的男人。在此，漱石無疑地想起從三千代斷斷續續地一句一句說出的那句話——無可奈何，覺悟吧！下定決心的人，不是代助，而是三千代。背負著未察覺愛的代助之罪的人，不是代助，而是三千代。漱石感到千代子背後有三千代，決不會錯！

原來如此！三千代是一個像千代子般大剌剌、心直口快的人，平時的言詞、舉止看起來一點也不剛烈，不過在決定和代助共度一生時，搖身一變成千代子——那個從內心湧現的強烈感情幾乎要遮蔽眼前的一切的女人。不！不是搖身一變，女人的內心原本就潛藏著如此的情感，至少漱石如此認為。

解開《從今而後》之謎

在〈須永的話〉後半部，煞費苦心解開不知害怕的女人、也就是三千代的謎團，那當然也等於在解開代助的謎團、漱石本身的謎團。並非是那個不知害怕為何物的女人、而是解開那個只想著壞事會發生的男人的謎團。

須永談起大學三年級將升四年級那個暑假所發生的事。須永和母親被邀至田口家的鎌倉別墅。由於容易混淆，以下統稱為市藏吧！市藏在此遇到從英國歸來的青年高木，心中感到相當忌妒。由於頭腦、體格、社交等一切都勝於自己，竟然說出只是陪母親來，立刻要回東京。千代子一聽，跳起來阻止。市藏覺得讓母親拿不如高木的自己來和高木相比較，母親會感到遺憾，也很可憐。

光從這裡，很清楚市藏總是愛站在他人的觀點來考量，卻無法確認自己替對方所考量的，是否真的就是對方的想法呢？而且，市藏經常都是往他人對自己不利的方向去思考。因為那樣比相反的情況安全。

譬如自己和高木不期而遇，心想該不會是田口家故意設計的吧！而且還對自己說，自己不是那種喜歡以競爭得到戀人的男人。與其把不順從的女人硬抱在懷裡，不如放她自由去談戀愛，然後孤寂地凝視自己失戀的傷痕，這種男子氣概才能滿足良心啊！毋庸贅言，這不過就是「那麼，我就消失吧」的理論，另一種堂而皇之的敘述罷了。

翌日，田口家族和市藏、高木一行人雇船出海釣魚。連千代子到底要坐在哪裡？會坐在自己身旁呢？還是坐在高木身旁呢？市藏都是忐忑不安。但是，對於這種只有忌妒心沒有競爭心相對應的自傲，自己不去分析這種矛盾，卻因不耐這種煩心而匆匆離開鎌倉。

獨自回東京，恢復平靜。對十九歲的女傭感到感動。這種心情的描述應該是在重現和女傭有染的市藏父親當年的感情，另外以一種孤獨的快感在後來的《道草》也反覆描述。整理書架把安德列夫（Andreev）描寫忌妒的《心》德語譯本拿出來讀，這也是很重要。

傍晚，令人驚訝的是千代子特地送母親回家，並在市藏家過夜。市藏很想問千代子對高木的印象如何？卻開不了口。只因為千代子的到來，那一夜非常沉悶。他甚至認為千代子以高木作餌要來釣自己，並以此為樂。

翌日，母親和千代子叫來梳髮師。千代子上到二樓，要市藏看她的髮型。看到千代子天真的模樣，憶起童年往事。但是，知道千代子不回自宅、要回鎌倉別墅，市藏火冒三丈地問道，高木是不是還在鎌倉呢？

你很怯懦

接下來的兩章裡，不得不想起《從今而後》中三千代和代助的對話。在這裡也令人感到作家附身在小說人物中登場。

市藏的這一句話，使得千代子大為變色。你竟然如此在意高木嗎？話一說完，發出讓人想捂住耳朵的尖笑聲。然後，又說了一句：你很怯懦。為什麼？市藏問道。為什麼？難到有誰比你自己更明白嗎？千代子答道。就是因為不明白才問啊！連這都不明白的話，你就是傻瓜啦！

漱石本身也有類似的體驗吧！我們只能認為沒有。然而，這是小說展開的必然性，附身為千代子的必然性，感覺是如此寫出來的。總而言之，所謂「你很怯懦」這一句話，不僅對市藏，也轉向代助、甲野、還有漱石本身。

市藏說像千代子這般活潑的人看來，我這種畏縮不前的人當然是很怯懦。在這裡，市藏又站在對方那一邊來思考了。千代子說，那種事誰會說是很怯懦呢？市藏說，妳輕視我，我很清楚。千代子反駁，你才輕視我，我比誰都清楚。彼此都以對方的立場來思考。千代子繼續又說，你認為我是一個沒學問、不明事理、不足為取的女人，在心裡必定把我當傻瓜看待。

人得變成他者才能成為自己，這可說是一個典型的範本。並非被人家說出自己如何思考，而是相互說出對方如何思考自己而已。其實，那正是人和人談話的常態。

若是市藏說，沒那種事，我很尊敬千代子，也就沒事了。糟糕的是，他又繞到對方那邊。竟然說：這就像妳認為我很遲鈍、輕視我一樣。還說：我不記得自己在道德上有何怯懦？妳倒說來聽聽看！千代子邊開始哭邊說，好！我就把怯懦的意義說給你聽。市藏心想，就算說出什麼話來，不過就是千代子為掩飾自己的強辯之詞而已，不過從千代子口中說出來的話並非如此。

她說，你並不愛我、也不打算和我結婚。

雖然，市藏說過她是一個不知道害怕為何物的女人，其實不然。只因女人直擊事件的本質，以致看起來像是不知道害怕。

市藏說，那是千代子自己……。話到一半被千代子搶白說，聽我說！那種事得兩相情願，對不對？若是這樣也可以，你確實不曾要求過什麼。不過，為什麼對這個既不愛、也不打算娶為妻的我……，千代子話說到這裡有些口吃，突然宛如衝破什麼般說道，為什麼要忌妒呢？話一說完，哭得更厲害。

「你很怯懦。」千代子反覆說著，高木是一位紳士，有雅量容忍你，你決不可能容忍高木，這就是怯懦。〈須永的話〉至此嘎然而止。

一百八十度大逆轉

〈須永的話〉嘎然而止的方式，當然是小說技法的卓越表現。不過，卻不是為表現卓越技法才採取這種嘎然而止的方式。實在是無法繼續下去，才以無法繼續的方式來結束。為何如此說呢？因為千代子的最後一句話，並非只對市藏一個人而發言。

《從今而後》的代助，自己封住三千代也許愛自己更甚於平岡的想法。萬一聽到的竟然是不愛自己，如何受得了呢？因此，就超然於這些事情之上。

千代子明確指出這種態度就是怯懦。佯裝成所謂保持距離看世間一切才能沉穩，那種態度就是怯懦。果真如此，漱石初期的作品……不，直到《過了彼岸》的所有作品，可以說都是怯懦的產物。千代子的話和三千代的話一樣，一方面都屬於故事的情節，另一方面也是穿透情節，垂直刺向漱石所有的作品。

總之，一如預定，之後就由〈松本的話〉登場了。這只是在補足〈須永的話〉，就此意義而言，《過了彼岸》已經露出破綻，不過就小說敘述的情節而言，首次談及市藏出生的祕密。亦即被千代子點出「你很怯懦」後，市藏所持態度的理由，其起源得從出生的祕密來發掘。暫且不論漱石是否清楚意識到這件事，卻在暗示著直至《過了彼岸》的所有作品都和出生的祕密有所關聯。

在〈松本的話〉裡，松本在鎌倉事件約半年後，市藏大學畢業兩、三個月前，想確認市藏是否有意和千代子結婚而開始。市藏對此的答覆，竟是出人意料：自己為什麼那般惹人厭呢？松本回說，那是因為乖僻。市藏問自己哪裡乖僻呢？然後又說，若是乖僻，自己想知道為什麼變得乖僻的理由，雖然大家都知道，只有自己卻不知道。松本終究說出有關市藏出生的祕密。

松本在此談及市藏出生秘密和漱石本身的演講〈現代日本之開化〉有所關聯，令人興趣盎然，不過暫且按下不表。

《過了彼岸》就在為自己的出生祕密而動搖的市藏，出外旅行以求精神平衡的場面中完結，問題在於就某意義而言，為什麼會有這種近乎一百八十度的大轉換？

漱石在此，並非站在甲野、代助和市藏的角度，而是站在藤尾、三千代和千代子那邊來描寫。

《往事種種》的迴轉門

這個大轉換，就是在《我是貓》、《少爺》和《草枕》等書中厭惡偵探之事，在此明顯被抹掉。因為《到了彼岸》裡，想當偵探的敬太郎成為狂言回的角色，不再是討厭偵探。連以前討厭的占卜，也隨著敬太郎的手杖堂堂登場。

還有，連一直都被狠狠攻擊的小刀雕刻工藝師、也就是小工藝師，在《到了彼岸》裡描寫成不過是市藏想太多的妄想罷了。雖然田口和千代子都不曾以將市藏和高木相提並論為樂，市藏偏偏要如此認為。市藏憑空妄想對方的這個企圖，正是漱石在初期大力非難、所稱「小刀雕刻工藝師」的角色。漱石本身也寫著自己長久以來一直都和影子在戰鬥。

一九一〇年、也就是明治四十三年八月二十四日，漱石在療養地伊豆修善寺大量吐血，一時陷入昏迷不醒的危篤狀態。有三十分鐘之久，完全無意識。前一年，設定《從今而後》的連載目標後，到滿韓旅行，寫下〈滿韓各地〉一文。過完年後，《門》從開春連載到初夏，因胃潰瘍住進內幸町的醫院，八月為療養逗留修善寺。在此卻發生大量吐血。

那一年年底所連載的《往事種種》，就是從修善寺返回內幸町的醫院後，在病床所寫，大吐血前後也收錄在內。翌年，沒寫小說，又隔一年的一九一二年、也就是明治四十五（大正元）年，從一月初到四月底有《到了彼岸》的連載。《到了彼岸》是以自身體驗寫出《往事種種》之後的第一本小說。

其實，《往事種種》是一本趣味盎然的隨筆，其核心所在的不醒人事的三十分鐘頗為驚人。「當打算翻身時，看到枕頭邊金屬臉盆內的鮮血，以為是前一分鐘才發生的事情，妻子竟然說，不！吐血之後有三十分鐘不醒人事。這讓我感到非常驚訝。」——漱石反覆描寫。九死一生般被拋棄，宛如被丟棄在原野、什麼都不知道的嬰兒般的茫然體驗，以嬰兒來比喻的漱石本身，一如字面也意味著再生之意。

還有一件重大的事，漱石平日站在「自己謀生、個體經營」的立場縱覽世間，處處都是敵人，友人是敵、妻子是敵，連如此思考的自己有時也是敵，沒想到一生病，突然一切都變了，對於這件事自己也感到非常驚訝！雖然只是默默躺臥，醫生來了、報社同事來了、妻子也來了。仰臥在床的自己，邊凝視天花板、邊想世間的人全都比自己親切，原先認定是不宜人住的世界，頓時吹來溫暖和風。隨著自己病後重生，心也重生了。

聽起來，彷彿是刺蝟在告白。似乎可以說，刺蝟終於脫掉牠那帶刺的鎧甲。這個體驗，無疑地為《過了彼岸》帶來大轉換。

心癖無法治療

修善寺大吐血，使得漱石的視點有很大的改變，不過還是有不變的地方。那就是心癖。借用松本的話，就是市藏的乖僻。

三十分鐘不醒人事的驚人時間裡，意識漸漸恢復中，好像意識到看見什麼、聽見什麼？——漱石寫著。在第十四章的一節裡。

還能恢復原狀嗎？妻子問杉本的聲音進入耳際後，時而像突然關掉電燈般漸漸失去意識，又聽到杉本要「強心劑、強心劑」的聲音，不久聽到德語的聲音響起「很虛弱」、「對」、「不行了吧」、「讓孩子和他見面吧」、「對」。

對於自己的生死竟然如此大膽的評論，自己卻被當成第三者一直躺著聽，頓時變得痛苦起來。——漱石描寫著。結束時，多少有些動怒，道義上也該迴避一下比較好吧！最後竟然有「若對方那般打算、我就會這般考量」的念頭。

漱石本身也說，人瀕臨死亡之際，還在耍弄策略嗎？自己屢屢想起那一夜的反抗心，不禁莞爾。不過，這不是莞爾一笑就可以解決的事。

陷入人事不醒的危篤狀態，漱石還在想著：「若對方那般打算，我就會這般考量」。儘管漱石被一大堆人包圍著時，也還那樣想。這個理論，和所謂「那麼，我就消失吧」的理論，基本上是相同的。對漱石而言，所謂「那麼，我就消失吧」，正是對人最大的處罰。所謂消失，就是拋棄、也是被拋棄，要言之就是處罰。也可以說是已經深入漱石骨髓的癖性。

經歷死亡與重生的體驗，漱石可以從完全相反的立場來看自己，以宛如就是他者的立場來看自己。不僅如此。描寫三千代和千代子的過程，自己為什麼會有這種心癖、這種行動的癖性呢？由於太想知道其理由，終於觸及出生的祕密。甚至觸及繼子的乖戾根性。

不過，對漱石而言，那只能作為小說上的體驗來理解。還無法認為是自己本身人生上的課題。

因此，非寫出《行人》、非寫出《心》不可。

對被拋棄一事的執著

對於拋棄、被拋棄的執著，漱石身陷其中而難以自拔。

若想到他的幼兒體驗，也會認為理所當然。被送去當寄養子，一度返回家中，卻又被送去當養子，從養父母家回到生父母家中數年後，拒絕到校上課、悶坐家中，後來再去上學也是寄宿在外。從這些經歷來思考，甚至可以認為這種異樣的執著，正是漱石的宿命。

所以稱之為宿命，因為以那個執著為開端，而追究至所謂人、所謂自己的結構的最深處。棄兒並不罕見，孤兒也不罕見，把那種境遇當成自己的課題，深思熟慮至無法自拔，就很罕見！失戀到處可見。若以失戀為開端，徹底考慮所謂自己，這就不是到處可見。

思考自己，就是在思考人類。為什麼呢？因為所有的人，都擁有所謂自己的結構。任誰都是我。每個人都是有限的，所謂自己這個結構、所謂我這個結構卻是無限的。那就是人會讀書、會看畫的理由，山川草木可以看成另一個自己、這是也可與之交談的理由。也是可以寫歷史、讀歷史的理由。若結構沒有互相重疊的話，就無法讀、無法寫。至少人類獲得語言後，好像在做一個灌輸給「巨大的我」龐大體驗的實驗。

縱使如此，漱石的執著仍屬異常。為什麼會變成異常呢？「被放在小簍子，每晚暴露在四谷大馬路的店裡。」並非漱石本身的記憶。這些都是從家人口中聽來的。被兄姐所戲弄。不過，那卻有所意味。漱石被強迫以兄姐的眼睛看到乳兒時代的自己。首先，非得把兄姐的意識當成自己的意識。為什麼呢？因為要看自己，只能透過他者。

寫給狩野亨吉的信函

當然，不限於漱石。任何人都不知道在自己成為自己之前的模樣。別人所言，認定是自己。但是，漱石被強迫透過兄姐的眼睛，看到在簍子中自己的模樣時已經懂事了，非常清楚：那到底意味著什麼呢？被送去當養子的漱石，因為養父母家亂糟糟才返回生父母家。自己不僅被送去當養子，還被送去當過寄養子，換言之，不能不強烈認為自己是被拋棄。為什麼呢？兄姐並無惡意，也許認為那只是常見的事實吧！

漱石一旦把兄姐的意識當作自己的東西，務必得和自己本身戰鬥。那是漱石要成為自己本身的一種方法。

連陷入危篤狀態、臥在病床時，還在想著：若對方那般打算、我就會這般考量。幾乎是反射性思考的癖性，漱石從幼年期到少年期就已經養成了。

如此思考的癖性，到底有多嚴重呢？譬如一九〇六年、也就是明治三十九年十月二十三日在寫給友人・狩野亨吉的二封信中明白的表示出來。狩野亨吉後來因發掘特異思想家安藤昌益而聲名大噪。當時，就任剛設立的京都帝國大學文科大學的校長。漱石寫給他的第一封信很長，實在太興奮，數小時後又寄出第二封信，寫得更長。而且非常激動。若要點出寫信的時期，就是在《草枕》之後、《虞美人草》之前。

自己畢業後就前往鄉下，有種種理由——漱石寫著。自己是一個對人比較無害的男人，正因為不喜和人爭，以退讓後獨自平靜過日子也不錯的謙遜態度捨棄東京。雖然他們強迫自己犧牲至此，卻還一如以往持續加以壓迫。真是無法無天！披著文明外衣的野蠻。不過，鄉下也和東京一樣不愉快至極。因此，才前往熊本。與其說逃往熊本，毋寧說打算處罰不懂得待人之道的松山人。

所謂若對方那般打算、我就會這般思慮的想法，經常就發展成「那麼，我就消失吧」的想法，從為了處罰松山人才前往熊本的理論的展開，就非常清楚。漱石是為了處罰不懂待人之道的東京人，而前往松山的吧！更往前追溯，為處罰母親而拋棄母親，為處罰家人而拋棄家人，為處罰世間而拋棄世間。

所謂若能拋棄，就拋棄的理論。

《行人》為何不愉快呢？

寫給狩野亨吉的信函，漱石的心癖、行動的癖性都露骨地顯示出來：聽到母親說再也不想看到你的臉，就跑到親戚家去，住在親戚家時，母親過世了。一興奮，癖性必定抬頭。明知那會產生不可挽回的結果，身、心卻都往那邊去了。《從今而後》的代助、《過了彼岸》的市藏，都是沿襲那個模式。

不消說，捨棄東京、捨棄松山的漱石，並非單純的空間移動。而是次元的移動。往超然的次元、更上一級的次元，若以《草枕》來說，就是往不近人情的次元移動，熱中漢書籍也是如此。然而，《從今而後》的三千代、《過了彼岸》的千代子，卻說往那個次元移動就是怯懦，就是乖僻的根性。

在《過了彼岸》裡，漱石將那種怯懦歸咎於市藏出生的祕密。雖然也和漱石本身的祕密發生衝突，卻讓人覺得漱石本身好像毫無此意識，好似認為這只是寫小說的過程而已，所謂小說家就是如此。能夠完美掌握自己要做什麼的小說家的小說，未必有趣。優秀的小說，經常走在作家之前。

跟隨在《過了彼岸》之後的《行人》裡，漱石看起來好像退後兩、三步。《過了彼岸》裡，想把短篇集合成長篇的企圖未必是成功的，那篇〈須永的話〉水準之高，將整部小說提升而成為一級品。《行人》則無此現象。

《行人》是一部令人不愉快的小說。這不是由於所謂夫婦危機的不愉快題材所產生的不愉快。是因為迴避主題才不愉快。因為沒有和主題面對面才不愉快。大迂迴、而且回溯不到核心。

《行人》的主人公是一郎和阿直這對夫婦。敘述者是一郎的弟弟、也就是二郎。書中〈朋友〉、〈哥哥〉、〈歸後〉和〈塵勞〉等四個部份中，最後的〈塵勞〉裡，一郎的友人H的信函雖然佔大半篇幅，不過焦點還是在身為大學教授的一郎、及其妻阿直，只是一郎和阿直決不面對面。漱石迴避讓他們面對面。為什麼呢？只能認為，與其以批判性分析自己，毋寧說被正當化分散注意力。

在《從今而後》裡，代助不得不與三千代面對面。在《過了彼岸》裡，市藏也不得不與千代子面對面。然而在《行人》卻不然。一郎不和阿直面對面也就算了，還命令二郎和妻子面對面、有如要測試她的貞節般。不過，套上代理人這個枷鎖的二郎，理應無法和阿直面對面。

為何不肯面對面呢？

如同《過了彼岸》有一篇和主題相差甚遠的〈風呂之後〉般，《行人》也有一篇〈朋友〉。當然，因為是漱石嘛！耐人尋味的細節處處可見。特別是友人三澤談到有個精神病女孩的事也是如此。從婆家回來後的女孩，暫時寄住在無直接關係的三澤家時，每當三澤外出，她必定送到門口、交代要早點回家。雖然三澤非常同情這個女孩，不久她就過世了。漱石很喜歡女人的黑瞳孔和落寞的笑臉，因此成為焦點的女人必定都擁有這特色，毫不例外。

三澤家這個女孩的故事，哥哥一郎也是透過友人得知，在第二部〈哥哥〉的開頭，敘述自己的感想。一郎說女孩早就喜歡三澤，由於世俗的禮教、義理而封住自己的感情，卻因精神病剝掉那些假面貌而流露真情吧！難道女人不發瘋就無法明白她的真面目嗎？痛苦地嘆了一口氣。

二郎對於一郎為想明白妻子的真心、甚至希望她發瘋一事感到悚然，不過一郎所說之事和精神分析並無不同，壓抑的理論就是如此。當然啦！這無所謂好或不好。漱石比佛洛伊德少十歲，若對心的結構、自己的結構有強烈關心的話，有同樣想法也是理所當然。

漱石在這個有如「序」的部份，已經暗示小說《行人》的主題和方法、也就是自己將打算如何寫。那和當時世界文學水準相對照，也是出類拔萃。特別阿直無法對自己敞開心胸，難道是因為喜歡弟弟二郎嗎？也就是因為有性的問題嗎？因此一郎想製造二郎和阿直單獨相處的機會，這種想法可說是非凡，打算來對被壓制女人做出精神分析。

一郎和阿直這對夫婦之間並不圓滿。旁人看來也覺得夫婦倆很疏遠。家人有父母親、一郎和阿直、小女兒芳江、一郎的弟弟二郎、妹妹阿重、下女阿貞等成員，全家人總是小心翼翼、惟恐得罪一郎。問題全在於一郎患有癲癇而養成的任性，母親和阿重認為都是阿直不好。二郎則是同情嫂嫂，認為一郎也有不好的地方。對於二郎的同情，一郎全看在眼裡，所以越來越想去測試阿直。這明顯描述到家父長制度下的家庭，也證明漱石明確認識問題之所在。描寫二十世紀初的日本，酷似產生精神分析的維也納的十九世紀末。

縱使如此，以小說而言之所以失敗，其原因在於一郎具有思想。具有更上一層的次元。結果因為一郎的高級思想，導致夫婦感情的惡化。雖然照亮家父長制度，終究還是肯定自我本位。

使女人成為沒靈魂的空殼

在《行人》中最具張力，就是在第二部〈哥哥〉裡，二郎和阿直在和歌山的一宿。母親、一郎和阿直，以阿貞的婚談為理由前往大阪，與先一步來此遊玩的二郎會合，母親真正的用意是希望至少能讓一郎和阿直的關係融洽些。一郎對此的反應，竟然想藉此機會利用二郎讓阿直吐真情。

一行人離開大阪在和歌浦逗留，一郎強要二郎和阿直到和歌山四處走走。原本打算當天回來，碰到暴風雨不得不在當地留宿。這和《三四郎》開頭的名古屋之女的場景相似。二郎認為雖然阿直看來一如平日般泰然，女人卻很可怕、不明其真相。這一點也很相似。

很明顯地，漱石將目前為止許多女性的形像灌注在阿直身上。阿直在漆黑中對二郎說，看不到暴風雨中的和歌浦很可惜，討厭那種小家子氣的自殺，希望轟轟烈烈死去，一般男人都沒志氣，自己一直都有所覺悟。這等於在誘惑。那種鎮定和《從今而後》中已經覺悟的三千代相似。

然而，其實和《過了彼岸》的千代子更相似。

二郎問阿直，難道不能對一郎更溫柔些嗎？而阿直反問：我看起來那麼不親切嗎？然後流著淚說，其實我真的很沒出息！特別是最近已經成為一個沒靈魂的空殼了。為什麼沒出息呢？毫無說明。是漱石認為無須說明吧！一郎對阿直做出如同市藏對待三千代那般的事，斷然判定對方認為自己總是畏縮不前。

前往和歌山前，二郎問哥哥，是不是想太多呢？一郎回答：阿直讓我不得不往這個方向思考。使得被動和主動逆轉的這種說法，讓人足以想像一郎和阿直的對話。因為受不了連日反覆那種對話。無怪乎她會變得沒出息！也變成一個沒靈魂的空殼！

市藏說千代子和自己的關係，就是不知害怕為何物的女人和只想著壞事會發生的男人的關係。更進一步說，就是詩和哲學的關係。要言之，女人就是詩人、男人就是哲學家。在《過了彼岸》裡，市藏那般偏頗的想法被千代子一擊而碎，相反地在《行人》裡，看起來漱石卻固執於哲學。在第四部〈塵勞〉裡，已顯示這個事實。

〈塵勞〉的意義

一讀漱石弟子所寫的文章，都是同情一郎、而對阿直有所批判。不僅弟子，就連比漱石小了約二十歲的萩原朔太郎，說〈塵勞〉所描寫的一郎，宛如就是自己本身。從這裡也明白，漱石對於不易流行的流行部分如何地敏銳。話雖如此，〈塵勞〉所描寫的一郎，縱使把當時流行於知識份子的神經衰弱具體化，仔細閱讀還是很淺薄。

在第三部〈歸後〉裡，一郎的父親談到有一個被男人拋棄的女人，二十年來一直為不知被拋棄理由而痛苦。一郎作出了「總而言之」的解釋：若讓男人滿足情慾就會變得淡泊，女人則相反。這個小故事讓「執著」更顯深刻。二郎不明白一郎為何而執著。被一郎叫出來的二郎，反而被批判不執著。而且也被非難沒有作出對阿直的報告。因為在你的腦子裡，根本不存在幻想之類的客觀。說完此話後還大罵二郎一頓。

二郎以此為契機，離家在外租屋，後來聽說在大學任教的哥哥好像神精衰弱。家人都非常擔心，於是拜託哥哥的好友H陪同去旅行，順便觀察哥哥的情形。

在〈塵勞〉的後半，就是H來的長篇報告的信函，這封信函就作為《行人》的結束，但是以小說而言，在〈塵勞〉的開頭描寫阿直到二郎租屋探訪的場景，令人印象深刻。這也與和歌山的一宿相呼應，雖然是落寞的身影，卻是以一個誘惑人的女性來描寫。

漱石為突顯一郎的苦惱，只能把二郎描寫得平庸。但是一路下來，甚至讓人認為描寫主動存在的二郎反而更好。不過，漱石卻不是一個善於刻畫主動型、行動型男人的小說家。連乍看之下好似行動型的《少爺》，結果還是一個被害者。

一郎是天才嗎？

在H的信中，可以說是寫給那一家人的一封信，把一郎描述成天才的思想家。並非談話的內容讓人如此認為，而是其外表如此。

在信中，一郎最初出現的場景是和H下圍棋，一郎在半途就停下來。一問之下，說是無論做什麼事，總是被不需做這種事的氣氛追著跑。自己對科學不安、對進步不安、對速度不安，要言之，人類全體的不安都集中在自己一個人身上，時時刻刻都在體驗那種不安所熬煮出的恐怖。

仔細思考，那不過是單純的恐慌症，這是有名的場景，萩原朔太郎因為在這場景中看到自己本身的身影而感動。表現急速西化的近代日本的矛盾，全部集中在一郎身上。無疑地漱石本身也有那種意識。因此，天才思想家的一郎和無法理解那種思想的阿直之間，就變得不圓滿。

從而，一郎成為展開世代論和文明論的《從今而後》的代助的延伸，可是思考一下，代助的批評、實踐已經被三千代粉碎。而且，代助因為畏怯被父親斷糧，心理上幾乎已經被職業這兩個字逼死了。代助正陷入恐慌症時《從今而後》落幕，相反地一郎卻在陷入恐慌症時《行人》揭幕了。感覺到一郎和阿直的心並未相繫時揭幕了。代助和一郎，相對於代助面對現實時所陷入的不安，一郎卻是陷入脫離現實的不安，兩者有決定性的不一樣。

若依漱石所寫，一郎陷入思想的恐慌症。H的信中拚命訴求的是一郎的苦惱，屬於思想的、哲學的層面。只能認為漱石無論如何都想描寫以身殉思想的人。

在H的信中，諸如：一郎不僅是頭腦清晰、也是一個敏銳的人，在美感、知性、倫理各方面都遭到比自己落伍的世間所忌……等之類的話語處處可見。總而言之，並非聽到談話自然而然就如此認為，而是因為寫出讓人讀起來就是頭腦過度優秀的言行。這讓讀者感到畏怯。越來越畏怯一郎該不會是漱石的分身吧！好像聽到因為是天才才忍耐的聲音。

無疑地漱石也如此認為吧！無疑地害怕被人家當成輕薄的文章。特別是說出自己的眼前只有三條路：死？發瘋？進入宗教？說出「神就是自己、我就是絕對」也是如此。H每次都會說明，這不是哲學家的胡言亂語，而是自己親自進入那種境地而體驗出來的心理產物。那種說明反而是在扯讀者的後腿。雖說大多數的宗教，不進入那種境地就無法明白，說明卻是帶著傳教士的強制。

家庭暴力

H的信中，唯一讓讀者驚訝的是一郎對阿直動粗的告白。因為一郎看出阿直的虛偽。

第一次動粗時她很鎮定、第二次也很鎮定，原以為第三次總會反抗吧！結果還是不反抗，我愈動粗、對方就愈像一個淑女，因此我漸漸變得不用無賴漢的態度來收拾她就不甘心。我為證明自己人格的墮落，如同把怒氣發洩在小羊身上般。但是，利用丈夫的憤怒誇耀自己優越感的對方，難道不殘酷嗎？女人遠比訴諸腕力的男人還殘酷啊！我常在想，女人被我打時，為什麼站著不反抗呢？不反抗也就算了，為什麼連一句話也不辯駁呢？

只能說是完全顛倒是非的任性理論，卻是非常重要的一節。這恐怕也是植根於漱石本身的體驗吧！這和「那麼，我就消失吧」的理論，基本上是相通。被說「再也不想看到你的臉」，就跑到親戚家去住，這就是完全接受話的表面意思。打人卻因沒遭到反抗而憤怒，因為對方的行為並未接受話的意思而憤怒。由於行為在文脈之中，這意味著所謂行動就是若是對方那般打算、我就這般思慮。若思考當中的意涵，其理論就是，把從被打的妳的窘境救出來的人正是妳自己，難道妳不知道嗎？平日沉耽於思索，也不理睬對方，張口閉口盡是理論、邏輯，無怪乎妻子變得沒元氣、變得成沒靈魂的空殼。

思考《行人》最初所提示的主題和方法，一定得追究的則是從此展開的扭曲理論的來源。夫婦危機的原因不在阿直，而在一郎，也就是在於所謂自己這東西。在《行人》的最後，一郎說出對阿直不好的是自己，並非表面的客套話，本質在所謂「自己」這東西的結構裡。

在《心》裡，顯示出漱石本身已經如此思考。

《心》和《行人》

後期三部作中的《心》最為優秀的理由，在於集結短篇為長篇的嘗試和半途嘎然而止的手法。全書分成〈老師和我〉、〈雙親和我〉和〈老師和遺書〉三部分，雖然可標為上、中、下，全書卻以〈老師和遺書〉為目標往前推進。上、中不過是伏筆而已。若以序、破、急的說法，上及中都是序，下既是破、也是急，結構緊密。比重上也是如此。總而言之，這並非短篇連作，而是一部長篇小說。實質都集中在〈老師和遺書〉。

若以《行人》而言，〈老師和遺書〉相當於〈塵勞〉。不過，在這裡的不是H，而是一郎自己以信函回溯過去夫婦危機的原因。

《心》的開頭，敘述者的學生強調老師的寂寞、師母的美貌，斷言老師和師母是一對恩愛的夫婦，絲毫感受不到夫婦危機的同時，也說出老師和師母的爭吵。在大門口聽到爭吵聲，因為雜有師母的哭聲，敘述者為迴避尷尬而返回宿舍，約一小時後老師跑來要他一起去散步。說是和妻子吵架，情緒非常高漲。為什麼？敘述者一問。老師回答，妻子誤解自己了，跟她說這是誤解卻還是聽不懂，最後弄得一肚子火。

後來，也從師母口中說出事情的經緯：老師厭惡世間、厭惡人們，我認為他連我也厭惡。我實在耐不住而問他，若是我有什麼缺點，請告訴我，我會改掉。沒想到老師卻說，妳沒什麼缺點，有缺點的人是我。這般被搶白，我悲傷得不知該如何是好。邊流淚邊還想知道自己的缺點。這是師母所說的故事。

老師夫婦陷入危機，到底為什麼呢？為分散對這謎團的注意力，年紀輕輕就引退的這對寂寞夫婦的鴻溝，儘管被淡化，卻也無法改變危機的事實。就此意義上，應該可以說《心》和《行人》基本上具有相同的構造。

從而，〈塵勞〉和〈老師和遺書〉幾乎占有相同的位置，就質而言恐怕大異其趣。若說〈塵勞〉是包含被日本近代化特殊性所侵蝕的知識份子孤獨的好與壞，

〈老師和遺書〉則絲毫不包含那些事。一味地進入純粹三角關係的悲劇。假若這裡潛藏著近代的、現代的問題，那就是所謂三角關係的歷史性，處於更本質的歷史性。處於自我型態的歷史性。

就此而言，《心》也是壓倒《行人》，但是以漱石人生上的主題、所謂不被母親所喜愛孩子的主題而言，也是絕對性壓倒。

《心》是漱石作品的集大成

縱使〈老師和我〉和〈雙親和我〉如此重要，基本上不過就是序而已。我們還是順著〈老師和遺書〉所描述的故事來思考。

老師是新潟有錢人家的兒子，高中時父母幾乎同時過世。孤兒、也就是如同棄兒的狀態。依照母親的遺言，所有財產全部委任叔父，自己繼續在東京讀書，就在拒絕叔父女兒婚事的同時，叔父的態度大為改變，他知道叔父在財產上動手腳。因此，進入大學後，送來的錢無法和以往金額相比，除了拿些錢外，根本就切斷和故鄉的一切聯繫。也就是被故鄉拋棄、拋棄故鄉，和《少爺》一樣。

於是，寄宿在某軍人遺族家。雖說收房租，未亡人倒不是因為缺錢。由於母女相依為命，處事謹慎，房客只有老師一個人。房東家的小姐是一個荳蔻年華的美人。繼母、哥哥、同父異母妹妹，人物的組成和《虞美人草》相似。

叔父的事件以來，對人高度警戒的老師，整個人變得神情不安、坐立難安，卻由於未亡人人格的感化，把孤僻的習性改掉，彼此變得親近。特別在說出叔父的事情後，變得有如自家人。連小姐也一樣變得親近，對她當然也抱持著強烈的愛情。然而，那時他也開始看出未亡人和叔父是同一類型的人。不僅如此，還認為小姐該不會也是一個策略家吧？另一方面因為對小姐有一種類似憧憬般的愛情，半信半疑使得老師茫然失措。這和《虞美人草》《過了彼岸》的情況也類似。

好幾次都想求婚卻又躊躇不前。老師說並非害怕被拒，而是討厭上了圈套、被騙。坦白說，他真是一個曖昧又令人討厭的男人。因為有很多人認為只要喜歡就算被騙也沒關係。

長尾雨山曾以小心翼翼評論漱石，從這裡讓人感到漱石自己好似把這種心理的機微寫出來。

在此，K登場了。他是同鄉的童年朋友、淨土真宗和尚的兒子。身為次男的K腦筋好，過繼給醫生當養子，老師對K很敬畏。進入同一所大學，不過K並不是讀醫學，而是選擇哲學。由於K是一個宗教心強烈的人，認為縱使為追求「道」而背叛養父母也在所不惜。結果因為變更志向，和養父母斷絕來往，也被生父母斷絕關係。

老師說在那些殘酷的遭遇裡，還包含K自幼母親就過世，由繼母撫養。K的經歷和漱石非常相似。並不是當養子之事、也不是由繼母撫養之事，而是追求「道」的頑固很相似。K說窮困的境遇對意志力的養成比較好。雖然甘於貧困又勤學，不久卻陷於神經衰弱。這也和十幾歲、還有三十幾歲的漱石相似。不用說，老師和K都是漱石的分身。

K來寄宿

具有俠義之心的老師，說服原本反對的未亡人，帶著K來寄宿，把自己的備用室給他住。拜託未亡人和小姐以對待自己的心情，同樣去對待K。事情果然成功，K的病也痊癒，老師卻開始苦於對繞著小姐轉的K產生強烈忌妒。

K寄宿後的第一個暑假，兩人一起到房州旅行。這是《木屑錄》所描述的世界。K的神經衰弱痊癒，老師的神經衰弱卻惡化。忌妒使他動彈不得。K的信條，就是「精神上不提升的人是傻子」。老師說：你因為過度人性化了，而說了一般人不會說的話。這個伏筆也很重要。

旅行回來後，老師想求未亡人把小姐嫁給他，卻一天拖過一天。這種心理和《過了彼岸》中市藏對敬太郎談話也相同。

K還沒來時，老師說因為討厭上當受騙而忍耐、而自我壓抑。K來了之後，因為小姐是否對K有意的疑念而壓制自己。這和怕招來恥辱不一樣，無論我如何思慕，對方的內心卻對另一個人投注關愛的眼神，我討厭和這樣的女人在一起。市藏也談到同樣的心理。

然而，因K先一步表白自己喜歡小姐，事態因而大轉變。老師茫然失措。在此之前，幾乎呈現眾所周知的犯罪小說的趣旨。就某種意義而言，老師已經動彈不得。他說不出自己也一樣喜歡小姐。也無法立刻逮住未亡人，把小姐嫁給他。

表白之後，K是K、老師是老師，宛如被捆綁得動彈不得的異常事態持續著。有一天，老師在圖書館被K叫住。還問老師小姐對自己的戀情有何看法？老師說若是對象不是小姐，我知道自己將會以得體的話來回答，宛如慈雨般灑上K那乾渴的臉上。因為我相信自己天生就有這般同情的美德。

仔細思考，在這種情況下灑下慈雨的就是《從今而後》的代助。可是，老師繼續寫下去：那時的我，並非如此。

還對K放言，精神上不提升的人是傻子。這當然是K的口頭禪。老師認為這時若對K突擊也在所不惜。於是質問他，對於你平時的主張，到底有何打算？雖然K很倔強，卻比一般人還正直。被指出矛盾時，無法心平氣和。看到K的動搖，我、也就是老師安心了。但是K卻搶先反問：「覺悟嗎？」在老師尚未回答時，他又補上一句：「覺悟——沒有什麼不覺悟的事。」

K的自殺

這樣的展開，真是精彩！漱石已經附身在登場人物。如同附身於三千代和千代子般……不，比那更緊緊附身。縱使K抽離小說，仍是一個令人印象鮮明、頗具現實感的人物。

那一夜，老師聽到有人呼叫他的名字睜開眼睛一看，房間的拉門拉開約有二尺，看到K的黑影佇立，不但是令人印象深刻的一幕，也可說是神乎其技。這是讓人讀後深刻留在記憶、久久無法消失的場景。K的苦惱成為一個映像。

然而，老師被「覺悟」這一句咒語束縛住。雖然K是一個果敢的人，對於戀情卻是優柔寡斷。只是「覺悟」，到底是指什麼？老師認為該不會是要向小姐求婚吧？於是，裝病逮住和未亡人單獨相處的機會，終於提出和小姐結婚的請求。未亡人輕易就答應。問都不問女兒一聲。所需要時間只有十五分鐘，簡單到讓老師有些失望。

不過，老師並未把求婚的事告訴K。幾天後，未亡人問老師是否把求婚的事告訴K。老師回答沒有，她說怪不得K神情很奇怪，未亡人將事情全部告訴K。之後，看不出K有任何改變。

但是，兩天後K卻自殺了。遺書上只寫著「意志薄實踐力弱，無所期望」。雖然對老師表達謝意並拜託處理後事，也許有所顧慮吧！連一句都沒提及小姐。最讓老師感到痛心，則是最後添加的一句話：早就該死，為何還活到現在呢？

在此只能認為漱石已經附身於K，因為連K的下意識都全然理解。K一定會做出如此的決定。所決定的這件事，與其說是作者決定毋寧說登場人物K自行決定。讀者當然也明白。因此，若是有所謂《K之手記》的小說，縱使不是漱石也寫得出來，事情就是這樣。

K瀟灑地把舊我丟出去，卻走不出一個新的方位，因為有一個丟不出去的尊貴過去。——老師暗示性地寫道，所謂尊貴的過去，就是宗教活動之類的吧！若把這些也一併考慮，K自幼失去母親，由繼母撫養，過繼當養子，更改姓氏，違背養父母家的意向有志於宗教，結果自殺收場。

死？發瘋？還是進入宗教？自己眼前只有這三條路，說出此話的是《行人》中的一郎，實際上面對這種質問而懊惱的人，無疑地就是K。卻讓人感覺，小說中沒有一處論及思想的地方。

《心》的位置

《心》被認為是漱石到目前為止作品的集大成，因為可以一個一個來探索可供選擇的方案。貫穿《我是貓》的自殺思想，雖然以現實的東西描寫，但在此並非單純的厭世。有關K的自殺，所謂「覺悟」和《從今而後》的三千代一樣除了死的覺悟外無他。他是如何習慣自殺的觀念，從遺書的最後言語就可清楚得知，若考慮繼母和養父母家的話，和《礦工》的主人公一樣對於猛然消失的誘惑極具吸引吧！但是，宗教總是制止這種作法吧！

老師無法坦然接受寄宿的未亡人和小姐的好意，和《虞美人草》的甲野欽吾一樣，在此的展開卻相反。《過了彼岸》中的須永市藏的強烈忌妒心和乖僻性格原封不動留給老師，取代千代子任務的卻是K。從未亡人聽到老師求婚的K，與其說是感到被老師背叛，不如說是對自己的遲鈍感到絕望吧！老師對小姐的愛意任誰都看得出來，就遭遇而言，老師和小姐的結合也是順理成章啊！K的自殺簡直就是「那麼，我就消失吧」的翻版，否則遺書的最後不會有那種寫法。讓人感到那是他對在世之人的體諒。

老師的痛苦，無疑地比想像中更加強烈。我們宛如把漱石的所有作品重新讀過一次。

老師說若是對象不是小姐的話，他應該會祝福K吧！這裡正是把《從今而後》的代助祝福平岡而受的傷害，和《門》的宗助與老師同樣選擇而受的傷害相互比較。

K自殺後《心》的敘述，其夫妻的關係令人想起《行人》。老師每次看到妻子的身影，無法不想起K吧！因此夫婦之間疏離的原因全在自己，丈夫比誰都心知肚明。

接續自《行人》的《心》裡的最大問題，就是料想不到的家庭暴力。《行人》給人不愉快之一應該就是對家父長制度的不自覺，但是使用暴力卻自認是被害者的欺瞞行為裡，被害和加害總是逆轉過來得問題，正是《心》所面對的最大問題。老師和K都是被害者，同時也是加害者。那就不得不讓人想起所謂被拋棄和拋棄、所謂不被母親喜愛孩子的主題。

若加以剖析的話，所謂不被母親喜愛孩子的主題，應該是隨處都會滲出來，漱石以明朗的形式來表現卻未留下任何痕跡。不過，只是因所謂不被母親喜愛孩子的主題而產生的心癖、行動的癖性，也以各式各樣的形式在故事中運作著。

《心》無疑地是漱石的一個頂點，《玻璃窗內》就是在這種安穩中寫出來，為走向《道草》之道作準備的吧！

母親主題的變貌

初期三部作《三四郎》、《從今而後》和《門》就不必說了，在後期三部作《過了彼岸》、《行人》和《心》也同樣地，並非把所謂不為母親喜愛孩子的主題直接寫進書中。而是以自己從是否不為母親所喜愛的疑神疑鬼中產生的心癖，為一貫的主題。

這種心癖在《過了彼岸》裡，表達得最直接了當。

當然，在〈須永的話〉裡，市藏也不直接和母親面對面。只願和千代子面對面。不過，那種心癖卻是由於和母親間的互動所形成。市藏和千代子面對面時，那種心癖發揮得淋漓盡致。然而發揮得最徹底，還是市藏與敬太郎的對話，那正顯示出漱石和自己的心癖面對面、和母親面對面。

《行人》又如何呢？處於市藏位置的是一郎，處於敬太郎位置則是二郎還有H。但是，一郎對二郎、對H說話，卻不像市藏對敬太郎說話那般。並非以敘述，而是命令、痛罵、叫喊。然後，依照H的分析，則是一味地說明一郎有非常大的苦惱。

《行人》的主題為一郎和阿直的不圓滿關係，一郎自覺問題出在自己。縱使如此，一郎卻還要二郎去測試阿直的貞節。他想從阿直那邊找出原因。然而，二郎依然認為原因在一郎。於是，在二郎這個角色的延伸上，H登場了。二郎拜託H去觀察一郎。

但是，根據H的觀察，在一郎身上找到的，不過是圍繞自我的一種哲學、一種唯我論。從小說結構而言，這個唯我論是造成和阿直之間不圓滿的原因，錯在無法理解唯我論的阿直那邊，可是任誰讀後都不會如此認為。借用千代子對市藏的說法，那正是你認為我是一個沒學問、不明事理、不足為取的女人，在心裡必定把我當傻瓜看待。

然而，漱石之所以厲害，則是他比誰都快速地找到疑問，而且自己把它亮出來。那就是《心》。

《心》可以說是把欽吾、三四郎、代助、宗助、市藏、一郎等漱石作品的主人公的過去，全部匯入老師當中。老師在對齊聚過來、有如對自己示好的親族擺出架子的同時，卻認為：無論我如何思慕，若是對方的內心對別人投以關注的眼神，我是不願和這種女人在一起的；這表示和漱石之前的主人公，持有完全相同的心癖、相同的心理機制。這是本質般的東西。

所謂討厭對方向其他人投以關注的眼神，毋庸指出，根本就是和母親關係所形成的心情。並非只是和兄弟姐妹爭奪母親，幼兒對於母親因其他事分散對自己的注意力極為敏感。讓孩子死心的母親，必須得有讓孩子接受的理論。若不給一個理論，經常只會讓孩子感到不講道理，理所當然會對於「愛的不在」變得神經質。

《玻璃窗內》的母親

既然《心》已經寫畢，漱石和母親面對面已是時間問題。在《心》刊行後翌年一月起，《玻璃窗內》開始連載，首先在第十四回，雖然僅有一瞬間，母親果然登場了。

由於是在漱石出生前後的事，應該就是發生在明治維新之前。家裡有小偷潛入。約有八個拿著刀子的蒙面大漢，說來借軍費，不知勤王派還是佐幕派，總之就是強盜。父親斷然拒絕，強盜不從，父親終於交出幾枚小判。強盜當然不肯離開，一直躺在床上的母親勸父親把錢包裡的東西給他們。錢包裡有五十兩，那是一筆大數目。強盜離開後，父親痛罵母親是愛說話的女人！——漱石寫道。

雖然不是漱石的親身經歷，從字裡行間可知漱石如何看待自己的父母親。漱石的想法明顯站在母親那一方，對父親有相當的批判。

母親再次登場，是在前揭書的第二十九回，漱石提到自己出生的經緯：我是在雙親晚年所生的孩子，也就是所謂的么兒，生下我時，母親說，這把年紀還懷孕實在難為情！至今這些話還不時反覆。之後又談到被放在簍子裡，每晚暴露在四谷大馬路的店裡。

這些就足以令人不得不認為真是不近人情的母親啊！接近最終回的第三十七回，敘述自己想寫些什麼來紀念母親時，無論再怎麼回溯記憶，還是只能想起一個老太婆。在第三十八回裡繼續寫著，愛憎另當別論，母親確實是一位有氣質又高尚的婦人，任誰看來都比父親聰明，之後，就是被夢魘困擾呼叫母親的故事登場。

從字面看來，漱石並不認為自己不被母親所喜愛。至少相互之間的感情並不壞，正因為如此，為什麼還把自己送到別人家寄養，甚至送人當養子呢？對於這個疑問也就更強烈。所謂愛憎另當別論，這種話一般是很難插進去，因此這句話就別有含意。

當然啦！並非每位小說家都會率先寫出自己出生的祕密，寫出談不上是幸福的幼兒體驗，果然是直到《心》為止的必要過程。在《虞美人草》裡正面擺脫了執著，在《過了彼岸》則以探照燈來照射，兩者合而為一寫成《心》，因此首次觸及潛在自身文學活動中那個重大且被限定的問題。

可能因為寫得出《玻璃窗內》，才寫得出《道草》吧！或說為寫出《道草》，不得不先寫出《玻璃窗內》吧！

對妻子重複對母親的質問

縱使如此，在《道草》裡未有隻字片語寫到母親。

眾所周知，《道草》一書正是以漱石為模特兒。

漱石在倫敦留學兩年餘後，在一九〇三年一月歸國，辭去五高，在一高、東大執教鞭，開課講述文學論，那一年十一月三女出生。翌年九月，兼任明治大學講師，再過一年發表《我是貓》第一回。若以《道草》中所描寫夫婦曲折的關係推測，應該就是這個時期吧！《道草》還有一個支線就是經常來要錢的養父．島田，雖然和實際的時期稍有出入，不過卻是小說的重疊技法。順便一提，大約是在漱石三十六歲、鏡子夫人二十七歲的時候。

《道草》中最精采，不僅主人公健三，連可稱為第二主人公的妻子阿住，也是詳盡描述。雖然和描寫夫婦間的不圓滿的《行人》一樣，小說的格調卻大異其趣。大致上說來，《行人》在一九一三年、《心》在一九一四年、《道草》在一九一五年寫成，所以《道草》所寫的情景大約是十年前的體驗。

縱使如此，漱石的小說有如上階梯般，水準年年都在提升。即使《行人》是失敗之作，就主題和方法的廣度、深度而論，確實仍在「上階梯」。

話雖如此，《道草》仍令人感到有破格待遇。譬如在第八十三章裡，姑且把阿住生下三女後和健三的對話，以電視劇方式羅列一看：

健三：「女人就愛占據小孩。」

阿住：「怎會突然這般說呢？」

健三：「難道不是嗎？因為女人想以此來向不喜歡的丈夫報復吧！」

阿住：「說什麼傻話？孩子所以會往我身邊靠，是因為你沒照顧他們啊！」

健三：「不讓我照顧的，不就是妳嗎？」

阿住：「隨你高興啦！怎麼盡說些乖僻的話？反正我不在乎口齒伶俐的你說些什麼。」

健三：「女人就愛耍計謀，實在要不得！」

阿住：「何必那般欺侮我……。」

妻子轉身過去，眼淚滴滴答答流在枕頭上。之後的展開也很精采，仔細思考雖然滑稽得令人發笑，卻深受感動。作者把健三和妻子等量視之。因此，健三的乖癖根性鮮明地浮現出來，悲哀同時也浮現出來。這個男人，為何這般對妻子說話呢？妻子怎麼也好像把自己包含在內，盡說些帶著惡意的話呢？那種悲哀誰都看得出來。

雖然和《過了彼岸》的市藏完全相同，若是拐彎抹角的說話方式背後潛藏著不被母親喜愛孩子的體驗，整部《道草》就是被這個主題浸透了。宛如被母親說「再也不想看到你的臉」時，想回嘴問母親「所以才拋棄我的吧！」這句話，又硬吞下去，感覺經過二十年後，他還不時拿來質問妻子。

《道草》以母親之吻結束

《道草》的概梗很簡單，養父島田來向留學歸國的大學教授健三要錢，因為這個宛如從過去就如影隨形跟過來的男人的出現，使得至今沉睡的記憶漸漸甦醒。作品的大半所描述的，就是包括這個問題，以及不得不去應對世間的健三、阿住夫婦的日常生活。

一開頭，描述島田現身在前往學校途中的健三眼前的場景，健三回家後並未告訴阿住這件事。心情不好時，無論有多少想說的話也不願對妻子說就是他的癖性，妻子也是默默面對丈夫，她是一個除非有事否則絕不開口的女人。這對夫婦的關係，一如《行人》中的一郎和阿直的關係。

所謂塵勞就是世俗間的煩人苦勞，就此意義而言，世俗性的《道草》應該相當於《行人》的〈塵勞〉，《行人》的〈塵勞〉一如文字應該是思辯性的《道草》。在《道草》的中途、也就在第五十七回裡「塵勞」這句話，故意以 WAZURAHI 的平假名登場。這正說明漱石並不是沒有這種意識。

健三為賺取非給島田不可的錢，耗掉新年假期寫稿，讀者也可以打趣的想像，所謂寫稿該不會就是在寫《我是貓》吧！阿住生產，完稿後拿到稿費，交給島田以斷絕關係，小說就此接近尾聲，最後則是和阿住那一段令人印象深刻的對話。

哎呀！實在太好了，就此把那個人解決了。健三則對說出此話的阿住說，解決的只是表面而已，妳真是一個注重形式的女人！阿住的臉上現出疑惑和不以為然的神情反問道，那麼怎麼做才叫做真正的解決呢？

對此，健三非常不快地說，世上幾乎沒有可以解決之事，只要曾經發生過就會一直存在下去，只是變成各式各樣的形式搞得別人和自己都不知道。

阿住把小嬰兒抱起來，喔！乖孩子、乖孩子，怎麼爸爸說的話，我都聽不懂呀！她邊說還邊吻了好幾次小嬰兒紅咚咚的臉頰。如此這般的對話，就此結束。

這段對話所以令人覺得意義深遠，宛如在說所謂不被母親喜愛的幼兒體驗，如果一直持續下去，只是搞得別人和自己都一頭霧水而已，因表現方法變成各式各樣的形式。佛洛伊德的理論就是如此。阿住抱起小嬰兒親吻以作為回答，那種母子關係正是幼年時的漱石所衷心期盼的。

漱石連下意識都能包括在內，只能說他厲害！

愛讀人心的癖性

但是在《道草》裡，父親登場了。只要讀《道草》就令人印象深刻的是，雖然健三悲慘的幼兒體驗，來自養父母親島田和阿常，卻是生父讓他雪上加霜。

對於生父而言，他只是一個小累贅——漱石如此寫著。幡然大變的父親的態度，健三對生父的愛連根枯萎，他把在養父母親的眼前對自己總是笑瞇瞇的父親，和承擔累贅後立刻一改成貪婪模樣的父親相比較，委實大吃一驚！他全力展現親切，不知悲觀為何物，伴隨著成長的生機，無論如何被壓抑，依然從昂然抬頭，終究沒變成憂鬱。

然而，他在現實裡卻變得悲觀、憂鬱。母親比較慈祥，也許和父親不一樣。但是，母親同樣贊成健三……不，把漱石送去寄養，進一步還送人當養子。這個煩悶因母親之死難道不會變得更關鍵嗎？退學、入學、又退學的反覆，正是其後的事。

在《道草》裡，未有一言觸及健三的生母，反而讓人印象深刻地認為漱石對母親的執著如此之深。

島田和阿常待健三並不薄。雖然對人吝嗇，道義上的原因也有吧！對於這個還不懂事就領養的獨子，無論他要什麼都會買給他。確實很溺愛，卻適得其反讓幼兒看出其間的不自然。譬如執拗地問，你的父母親是誰？作出迎合的答案實在痛苦。買來的玩具，讓人意識到恩惠，反而變得沒趣。幼兒感受到那對夫婦心中潛藏著不安。島田有女人後，這種傾向變本加厲。特別是忍耐不了被阿常強制撒謊。

幼時的健三，在這階段已經養成閱讀人心的癖性。讀《道草》就會有這樣的感覺。女人就愛耍計謀，實在要不得！——對妻子說出這般話的，正是健三的心癖，不！不只是說而已，對於妻子的言行經常看成耍計謀的心理機制，令人感到就是被島田和阿常所養成的。

不過，因島田和阿常離婚而回到生父家中的健三，因父親態度的丕變受到更大的打擊。事實上，也是如此吧！以我是父母親晚年才生下來的所謂么兒為開頭的《玻璃窗內》的第二十九章的後半，女傭告訴睡覺的小漱石，你認為是祖父母的人，其實是你的父母親喲！小漱石感到非常高興。高興的不是因為告訴他事實，而是女傭對他的親切。

漱石對於純粹的親切，竟是如此饑渴。連父親都不曾這般過。母親也不勸父親。講出所謂母親只會偏袒哥哥的《少爺》的述懷，並非無的放矢。

自己是怎麼形成的呢？

《道草》還有一個不可思議，健三對島田就不必說了、為何連對阿常也不斷付出金錢呢？不但妻子反對，兄長、姐夫都反對，健三卻拖拖拉拉、不作了結，真是優柔寡斷！

縱使如此，健三願意被無法斷絕的過去拖住的有力說服，應該是對自己幼年時期的強烈關心吧！也許有人會認為那種事不合常理，任何人都有不得不回顧的過去。也有很想回顧的時候，正是所謂的鄉愁。

不過，漱石的情形和那稍有不同。

《道草》第九十一章裡，但是現在的自己是怎麼形成的呢？前述已觸及的這個令人印象深刻的大哉問。作如此的思考確實不可思議，認為不可思議的這顆心，是在這種環境中戰鬥到底、還混雜驕傲的產物。——漱石寫道。

然而，伴隨驕傲的同時也使人想到自我憐憫的記述中，卻問到：現在的自己是怎麼形成的呢？果然不同凡響。《玻璃窗內》第八章，以「落寞地持續回溯充滿不愉快人生的我」為開頭，以「我現在還是以半信半疑的眼神凝視自己」作結束，這種半信半疑的眼神也是同樣的事情，因為懷疑自己的出發點。

文學家也好、哲學家也好，大抵都是從現在的自己為出發來思考。除此之外沒有其他辦法。譬如笛卡兒（Descartes）、休姆（Hume）、康德（Kant）都是如此。但是，漱石開始思考而對現在的自己感到懷疑。懷疑是由於某種因素而被迫思考的嗎？把如此的懷疑方式當成一般情形，聽說就是馬克斯（Marx）、尼采（Nietzsche）、佛洛伊德（Freud）。社會使得馬克斯思考、語言使得尼采思考、無意識使得佛洛伊德思考。雖然不認為有影響關係，漱石的想法和馬克斯、尼采、佛洛伊德有許多相通之處。

健三不拒絕島田的理由

漱石對於這個問題有強烈意識，在《從今而後》就很明顯。

代助認為人的思想因自然和社會而形成。譬如十九世紀俄羅斯的偏激思想，也是由於俄羅斯北方的風土及專制政治所形成的。代助認為不是因道德而形成社會，而是因社會才形成道德，類似馬克斯的想法，一種思想體系論。果真如此，代助的思想也由於代助的境遇而形成，而不是由代助自身所形成。

若把這套用在一郎身上，一郎的思想由於自然和社會所形成，而不是由一郎自己所形成。一郎甚至拿出父親的遺傳來批判二郎，這和代助的想法不能不說類似。不過，提出所謂世界為自己所有的想法，卻完全不是那麼一回事。存在世界的只有自己一個人，若是極端而論，世界的現象因自己而定。就如此的思考模式而言，若是代助的話，肯定會說一郎的境遇由於近代化的父系制度所帶來的吧！

話雖如此，對於不認同以金錢為目的而工作的代助，平岡就批判代助，是最應該成為不得不工作的人。甚至三千代都說，代助好像在掩飾什麼？不認同以金錢為目的而工作的代助的這種想法，不得不讓人懷疑那正是由於近代化的父系制度所帶來的產物吧！代助因代助式想法而受批判。

雖然漱石的小說應該是這般形成的，那麼《道草》又如何呢？本來應該在《行人》、特別是〈塵勞〉中闡明，我們卻發現在《道草》才闡明。至少在《行人》中，一郎和阿直之間為何不圓滿呢？只要一讀《道草》就知道得比《心》更加清楚。

對於經常被島田、甚至阿常索錢的健三，阿住說從此以後，你將被這兩人糾纏不清。雖然漱石寫說妻子的話少有又調侃，宛如對負傷的疼痛感到興奮般。伴侶的窮境就自己的窮境，只能以開玩笑來排遣。當然啦！應該也是對一切事無法斷然處置的丈夫的冷淡批評，趣味盎然的則是隨後又補上一句，「那就是你的癖性，沒辦法！」

所謂那就是你的癖性，沒辦法！那個「你的癖性」，也就是追究到心癖、也正是《道草》的主題，因此健三才會回溯過去。確實可以作如是的思考。縱使一郎不願如此自認，還是想試著分析阿直的精神狀態，而健三也想試著分析自己的精神狀態。健三和島田、阿常的牽扯不斷，因為他感到那裡潛藏有解開自己的鑰匙。

有蓋銀殼懷錶

健三不僅被島田和阿常索取錢財，父親在世中有一半的薪水都被他拿走，連現在每個月還要給姐姐阿夏零用錢。阿夏的丈夫比田，也是表哥，被描述成一個對家人冷淡、以自我為中心的男人。縱使如此，他卻是和島田談判的中間人，一個重要的人物。

《道草》全部一百零二章，在第一百章裡，若以《玻璃窗內》來說，正好談起對母親回憶的階段，健三想起有關和比田過去之間的不愉快回憶。

那是二哥病死前後的事，二哥和健三約好，自己死後要把一個有蓋銀殼懷錶送給他當紀念。哥哥死後，嫂嫂也尊重丈夫的遺言，當眾明說要把錶送給健三。但是，錶卻被送去典當。有一天，眾人群聚一堂。於是在席上，比田從懷中拿出那只錶說，典當品贖回來了！然後裝模作樣地放在另一個哥哥前說，送你吧！哥哥說了聲謝謝後收下。

要言之，兄姐、甚至連姐夫比田也都無視健三的存在。

健三默默看著三人的樣子，三人幾乎都不把健三放在眼中，一言未發的他，心中必定感到莫大的屈辱，他們卻蠻不在乎，好像仇敵一樣憎恨他們行為的健三，無論如何也想不出為何他們做了那般刁難的事呢？——漱石寫道。令人趣味盎然則是下一節。

他不堅持自己的權利、也不要求說明，只在無言中展現親切，而且認為用盡親切對待親兄姐，無疑是對他們最殘酷的處罰。

這是極為有趣的小故事。在寫給狩野亨吉的二封長信中所敘述，所謂為處罰不懂待人之道的東京人才前往松山，為處罰不懂待人之道的松山人才前往熊本的理論大致沒變。順便一提，若說這是基於事實的話，那正是兩個兄長相繼過世的一八八七年，漱石二十歲之時。當時，漱石尚未恢復原姓，仍然頂著鹽原的姓。恢復夏目姓，是在翌年的事。

聽了健三話的阿住說，連那種事都還記得，你真是一個執念深重的人！健三不為所動地回答，無論執念深重啦！還是不像男人啦！事實就是事實，好吧！事實就算一筆勾銷，感情卻無法被抹煞，那時的感情至今還活生生，活生生的感情還在現在產生作用，縱使把我殺了，老天也會讓我復活，所以什麼都傷不了我啦！

縱使否定事實，感情也不容抹煞。這宛如精神分析範本般的事例。描寫感情起伏之激烈，證明是基於漱石本身的體驗。漱石在此所嚐到的痛苦，不得不直接發動成為漱石心癖的痛苦。為什麼呢？對漱石而言，這只錶成為刺激完全相同感情之物，因為它意味著母親。

孤獨的意義

在圍繞母親的相爭中，漱石也和不存在兄姐眼中的事情一樣。被送去寄養、被送去當養子，回家後被父親當成破爛看待。對兄姐而言，漱石等於無，至少在漱石眼中是如此認為。儘管已經長大成人，贈錶的事，再度強烈地出現在漱石的眼前。

漱石對此，只是在無言中展現親切，我們判斷他認為如此做是對兄姐們最殘酷的處罰。這到底怎麼回事呢？

所謂封閉心靈，就是孤獨。孤獨才能夠精進，努力讀書才有出息，自己才能成為被尊敬的人物。十幾歲時抄錄徂徠的《蘐園十筆》、轉到成立學舍認真讀英語、三十幾歲時躲在異國都會一隅讀破大量文學研究書等，都是來自同一能源。

漱石的這種處罰適用於最親近的人、最有可能愛自己的人。當然啦！東京、松山、學界、文壇也都適用，能看出效果的還是最親近的人、也就是妻子。

當兩人的關係達到最極端緊張程度，健三總是叫妻子回娘家——漱石在《道草》第五十五章寫著。與其說是兩人的關係，不如說是漱石極度神經衰弱時來得恰當，在漱石的夫人、鏡子的《回憶漱石》中就寫得很清楚，不過在此無意延伸。

啊！感覺心情真輕鬆！——漱石寫著。比起兩人在一起，他的心在獨處更加平靜。不僅不想和妻子有關的人見面，他也不想去見自己的兄姐，而是讓對方來，他獨自一人白天讀書、涼夜散步以消磨時間，然後鑽進有補丁的藍色蚊帳內就寢。

同樣感情也寫在《過了彼岸》一書中。在鎌倉田口家的別墅，為爭千代子而忌妒高木到壓抑不住的市藏，獨自一人回到東京。回家前還害怕該不會連個對象都沒有，而獨自一人焦慮呢？結果大不一樣。

我要依照我的希望，返回比較容易接近平素的沉著、冷靜和不經心的我那寂寞的二樓。——漱石如此描寫市藏的心情。還有：我在房間內盡情地嗅從蚊帳發出的新味道，享受屋簷的風鈴聲而睡，也曾在傍晚到鎮上抱著花草盆栽回家獨自打開格子門。

對漱石而言，孤獨不能不說是意味著完全改變的次元。若非如此，應該無法擺脫錯綜複雜又激烈的感情戰爭。漱石也因改變次元，才能描述原本次元的錯綜複雜又激烈的感情戰爭。《我是貓》、《少爺》、《草枕》和《虞美人草》就不必說了，初期三部作、後期三部作當然都是取材於自我和自我相互衝撞的激烈戰場。

這成果若能得到眾多讀者的閱讀，就成為沒有孤獨的社會。只剩對孤獨的反論。

因為孤獨才能俯瞰全體

對漱石而言，所謂不為母親喜愛孩子的主題，就是意味著孤獨。這孤獨意含著慰撫以上的東西、也就是快樂，因為人在孤獨時才能夠和全體面對面。才能夠和全體——無論世界也好、宇宙也罷——面對面。

在世俗中，人只是一部分。不錯！要看清自己到底是那一部分，必須要有全體的視點，那終究得把握作為一部分的自己。孤獨就是那樣子。

所謂支配者的孤獨、指導者的孤獨，當然如此。群居動物當中，離群索居者持有特別意義，那就是重返成為支配者。無需依照歷史，支配者並非腳踏實地登上台階的。縱使也有看起來好像如此的景象，那只不過是裝出來的。支配者宛如抗拮群眾全體般以單獨者登場。

一開始就以異次元者登場。為掌握全體，必須是屬於異於世間一般次元者。以作為俯瞰全體之眼的機能。事實上，書寫一事也是相同。人總是以代表人類來書寫。除此之外無法寫。

所謂不為母親所喜愛孩子的主題帶來的孤獨，在漱石的內心應該具有對那種意義的變貌，那正是孤獨的必然性。雖然人是群居動物，因為學會面對面、學會代替面對面的對方，也學會以單獨者行動的動物特性。學會代替虎、熊、狼等可畏懼對象的能力。那就是俯瞰世界的能力。

讀《道草》，幾乎都認為要妻子回娘家的健三很殘酷。讀了鏡子夫人的《回憶漱石》，那種感受更強烈。但是，漱石以那殘酷換來孤獨的力量。

在群眾當中，無法描述群眾。只有孤獨才能俯瞰群眾。漱石的最後作品《明暗》，描述群眾力學幾乎使人想到對位法，因此這個孤獨的力量是不可或缺。

從所謂不被母親喜愛孩子的主題得到自由

漱石背負不被母親所喜愛孩子的主題，走過長長的路程。在《虞美人草》和《過了彼岸》直接地、在《從今而後》和《行人》中則間接地處理這個主題。雖然這個主題隨著在《心》的老師和K的境遇和心理有種種的變調而集中流入，就這樣變得更清楚，並非母親的問題，毋寧說是自身的心的問題、心癖的問題。由於這個歷程，漱石才能在《玻璃窗內》裡，愛憎另當別論，冷靜地描述母親的模樣。《道草》可以說是集其大成。

讀《道草》不得不驚訝，是以放逐自己的眼睛，真確地描述約十年前的自身模樣。對於健三、還有妻子阿常也是以同樣放逐的眼睛、決不是冷酷的眼睛，沒有過與不足的描述。對於背負不幸過去的男人，完全沒有感傷之情。譬如甚至所謂在那種環境戰鬥到底、雜著驕傲之情的健三的感懷中，作者也是冷靜地記述。由於記述充分，特別的評論一概皆無。這部小說使人深受感動的理由正在此。

在《道草》裡，漱石才從所謂不被母親喜愛孩子的主題中得到自由，特別是描述對妻子發動自己的心癖而得到自由。所謂漱石晚年的境界，既非學禪所致、亦非漢詩所致。而是因為有如上階梯般持續寫小說所致。那就是詳盡敘述對於不被母親所喜愛孩子這個主題，如何沉溺、如何痛苦、如何從中得到自由的過程。所謂上階梯，每部作品都是邊寫、邊將上一部作品明確定位和評論。

就此意義上，在《道草》的最後，以母親之吻作為終了，確實就是一種象徵。這種象徵的情景，正是對於妻子也是母親、母親也是妻子的一種極為自然認識，也是清楚表明的一種重要的認識。漱石幾乎不曾對這般世間事費心處理，在健三的發抒中也添寫了。在這最後的記述裡，銀殼懷錶的小故事當然也是健三的發抒，還有和「那時的感情至今還鮮活，鮮活的感情還在現在產生作用，縱使把我殺了，老天也會讓我復活，所以什麼都傷不了我啦！」的發抒有非常強烈的呼應。所談及的意義完全相同。

銀殼懷錶的小故事，其重要性不容否認。因為那不只意味著母親而已。自己對錶也擁有所有權、也就是對母親的所有權、對愛的所有權、被愛的所有權，這些不為兄弟姐妹所認定、不被認可的事情，更為重要。這個發抒的結果大體上也是如此被敘述，正暗示漱石本身認為是重要的事。

漱石對於自己不被認可一事，感到強烈憤怒。這憤怒以同樣的事情多次反覆，更是以倍數增加。《道草》中所描述的父親把健三當破爛看待，諸如銀殼懷錶的小故事一再上演。

在此，漱石在所謂不被母親喜愛孩子的主題背後，還有不被家人認同的孩子、不被社會認同的孩子，就某種意義已經找出更深刻的主題了。也可以說作為達到山頂的《道草》，使得漱石找到對面遼闊的高原。那就是一個新課題。

從被愛到被認可

漱石不僅是一個不被母親喜愛的孩子而已。也是一個不被認可是母親所喜愛的孩子。這也是一種覺醒吧！

《玻璃窗內》中敘述被放在小竹簍裡，每晚暴露在四谷大馬路的店裡的幼小漱石，姐姐看到覺得不忍心而抱回家，因為整夜哭個不停，害得姐姐被父親狠狠罵一頓，也就是說他不被認可是可以帶回家的存在。這個敘述原封不動搬到《道草》，健三是一個不能住在海邊、也不能住在山裡，被兩方推來推去，遊走於兩方之間，這和奔走於生父家、養父家的少年漱石的身影可以相連結。也就是，漱石不被認可是生父家的人、也不被認可是養父家的人，如此度過大半的幼年時期和少年時期。不！如同銀殼懷錶小故事所顯示般，這種狀況仍然持續到青年時期。

漱石走過漫長路程的盡頭，好不容易才走到《玻璃窗內》的母親形象。雖然不被寵愛，愛憎另當別論，漱石斷言家中最疼我的還是母親。不過這個想法立刻和《道草》敘述所謂對生父而言，健三就是一個小累贅所連結。無論如何父親擺出這種把他當成廢物的臉色，幾乎不把他當兒子看待。

銀殼懷錶的小故事，清楚說出漱石如何對家人展現親切、如何躲進孤獨之中，在孤獨中的漱石，有生之世必得做出一番成就不可的思考中成長。為什麼呢？因為不被認可，很想被認可。希望強制人家認可，來處罰家人。那可能遠遠超出希望被愛、強制人家來愛的感情吧！銀殼懷錶的小故事，讓人如此認為。

這和被愛、被認可不一樣。如何不一樣呢？

縱使一個人的人格不被認可，也可以被愛。譬如乳幼兒就是一個很好的例子。另外，縱使不被愛，其人格還是可以被認可。譬如競爭對手，雖然難以成為愛的對象，卻是不得不認可的存在。不僅是競爭對手而已，若無法認可對方的人格，就無法成為朋友知己。認可和被認可，正是表達敬意和被表達敬意。

人不只單純地希望被愛，而是希望被認可其人格且被愛。漱石在《道草》中明確掌握這件事實。

認可人格後才愛

若反過來思考的話，在《過了彼岸》、《行人》和《心》三部曲中的問題，在於一個人的人格要被認可且被愛是多麼困難。《過了彼岸》的千代子、《行人》的阿直、《心》的師母，其人格大抵都是不被認可、不被尊敬。

千代子對市藏說，你認為我是一個沒學問、不明事理、不足為取的女人，在心裡必定把我當傻瓜看待。二郎問阿直，難道不能對一郎更溫柔些嗎？阿直反問，看起來那般不親切嗎？然後，流著淚說，其實我真的很沒出息！特別是最近已經成為一個沒靈魂的空殼了。這就在說丈夫不尊重她的人格。從一郎看來阿直和二郎之間啟人疑竇，那是因為一郎和阿直間有人格相互認可的牽扯。

在《心》的師母更加明瞭。以她為中心，K和老師之間到底發生什麼事呢？她自己從頭到尾完全不清楚。也就是她的人格不被認可。簡直就像是一個美麗的偶人而已。老師把師母當幼兒般看待。而且老師認為這就是對師母的愛。

《道草》表現最為卓越，就是妻子以一個獨立人格活下去。因為《道草》植根於自身的體驗，呈現所謂私小說的趣旨，所以完全不一樣。確實有多處是從健三的視點來描述，不過經常又以妻子、也就是阿住的視點作為相對論。而且宛如移轉到《過了彼岸》中千代子的視點般，因為作者屢屢轉移到妻子的視點。甚至連內心的自言自語都寫下來。之所以辦得到，是因為焦點已經從愛和被愛，移轉到認可和被認可的問題，也就是人格的問題。

健三對著妻子的臉，經常出現「無論如何還是女人，怎能忍受如此被踐踏呢？」的表情，並非因為她是女人而看不起，而是傻瓜才看不起，若能夠做到尊敬該被尊敬的人格就好了。鬥爭從所謂愛、被愛的土俵，轉移到認可、被認可的土俵。那可說是《道草》有、而《行人》所沒有。甚至可以說《道草》是妻子要求丈夫尊重的故事。正因為如此，反過來也可以說，是丈夫要求妻子尊重的故事。

漱石在所謂不被母親喜愛孩子的主題背後，更潛藏著不被母親認可孩子的問題，可見他注意到包含家族在內的社會本質。

那件事，在接續的《明暗》直率顯示，這是一部圍繞著「認可問題」的鬥爭。

圍繞著認可的鬥爭

《明暗》既是妻子要丈夫認可自己的故事，也是窮人要富人認可的故事。要言之，就是弱勢者要強勢者認可自己的鬥爭故事。

當然啦！其實這個問題在《過了彼岸》業已有萌芽的狀態。千代子要市藏認可自己。然而那是市藏的心癖，若依松本的說法，扭曲到浮現市藏乖僻根性的方向。如此一來，使得不被母親喜愛孩子的主題更為新穎。

圍繞在市藏和千代子的認可鬥爭，在《行人》和《心》裡，後退到遙遠的背景中。在《道草》裡，則是具有明確的輪廓且呈現出來。在此，妻子阿住對於健三決不屈從。在《行人》裡一郎對阿直施暴，在《道草》裡健三也是如此吧！然而，阿住不僅不屈於暴力，也不肯屈服而分居。

千代子和阿住的性格，無疑地流入《明暗》的主人公阿延身上。

《明暗》的主人公是津田和阿延這對夫婦。津田三十歲、阿延二十七歲。結婚半年，住在東京。小說中設定兩人的原生家庭都在京都，雖然在京都相識，包括學生時期在內，在東京生活的時間反而比較長。在東京，津田受叔父藤井的照顧、阿延也受叔父岡本的照顧。藤井是發行雜誌的貧窮評論家、岡本則是富裕的企業家。藤井和岡本的階級差異，從就讀小學同班的各自兒子身上就有明確的印象。

津田剛就職官署，全靠父親友人吉川的引薦。津田不僅受吉川、也受其夫人喜愛，因其庇護，曾經和一位叫清子的女性都已論及婚嫁，清子卻突然變卦和關結婚。好似報復般，津田就和阿延結婚了。津田仍然殘留一種強烈的失戀情懷。阿延也開始懷疑津田婚前是否有過喜愛的女性。

津田是一個輕薄的美男子、阿延則是一個浮華又好強的女人，兩人同樣待人不親切。若是惡意地誇張說法，就是如此設定。藤井對阿延有所批判、岡本對津田也有所批判。總而言之，各自都有一個護短的叔父。

津田和阿延結婚後建立一個家庭，官署的薪水不夠用，還靠家中送生活補貼來。他們的生活看來就是超出自己的能力。加上夫婦兩人又愛追求虛榮。競相表現彼此的闊氣。但是，津田家的生活補貼突然中斷。因為好像是津田的妹妹・阿秀對家裡報告夫婦兩人的奢華生活所致。阿秀嫁給崛，育有二子，對於小自己一歲的兄嫂・阿延有嚴厲的批判。漱石舉出阿秀對阿延的戒子，正是忌妒的理由之一。作者的眼光頗為辛辣。

就漱石至此的作品而言，好像設定是《從今而後》的代助接受父親的勸告，和父親京都友人的女兒結婚。這個女兒結婚後，知道代助曾有過三千代這麼一個女人而感到內心動搖。問題在於這個女兒和三千代恰好相反，是一個好勝心強、又活潑的人。可以想見那就是阿延。

人因他人的慾望而活

人被人所認可，到底怎麼一回事呢？漱石在《明暗》中，一貫地不肯對這個質問放手。不但不放手，隨著章節的進展想進一步追問其根源。

《道草》中銀殼懷錶的小故事，重點不在健三和哥哥爭奪懷錶。而是第三者的比田，不認可健三而認可哥哥才是繼承人，而且比田的妻子、健三的姐姐也認可他的做法，而這個認可卻不奇怪的故事。

若是給健三的話，也會像《虞美人草》中的宗近般，在眾人面前把手錶敲破吧！無疑地正因為漱石本身也有如此的慾望，《虞美人草》中的小故事才得以成立，問題不在錶本身，在於這只錶到底該由誰來認定是誰的所有呢？問題就在那個認可。

《明暗》裡最為劃時代的則是守護津田和阿延的鬥爭當中，第三者精彩地配置一事。也就是認可誰是鬥爭勝利者的人，有二重三重的配置。登場人物所以多的理由，那就是所謂的世間、所謂的社會。漱石應是如此思考。

守護津田和阿延，並非僅是各自的原生家庭而已，叔父藤井、岡本也是，既是津田的上司、也是津田父親友人的吉川也是，其夫人也是。藤井是夫婦兩人，兩人間有一個兒子叫真事。岡本也是夫婦兩人，兩人間有兩個女兒繼子和百合子，另外有一個和真事是同班同學的兒子叫一。津田還有一個嫁給遊手好閒的有錢人崛的妹妹阿秀。津田和阿延經由吉川的媒妁之言而結合，因此關係吉川對阿秀也頗清楚。這些人全部一字排開，就連小孩都不例外，作為認可津田、阿延還有兩人關係的人。

所謂眾多觀眾，其實才不是這麼回事！這些觀眾各有各的、自以為是的舉動。總而言之，都是些令人注目的登場人物。津田和阿延各自有認同他們的一些人，並非單純守護這兩人而已。各自有各自的行為。認可依行為而表示。而且那種行為經常伴隨著行為者的欲望。總之，認可他人的同時也希望自己被認可。

譬如吉川夫人曾經為津田和清子調停，也就是被認可是中間人，那就是她本身的欲望，有所謂想支配兩個年輕人的欲望。現在還想從相親席上把岡本的女兒繼子拉出來，那也是一種欲望的表示，要言之，這個女人想繼續支配人家。也希望自己被認可是如此的存在。向津田指出對清子的依戀，很想問她為何拋棄你吧！——這也表示在煽動津田的欲望。

津田與其說是為達成自己的欲望，毋寧說是為達成吉川夫人的欲望，而前往清子療養的溫泉場。阿延也是一樣。這個好勝、又愛慕虛榮的女人，不僅對岡本夫婦，為達成向來憧憬自己的表妹•繼子的欲望，在其眼前不演出一場完美的幸福妻子的戲就不肯罷休。

為津田家是否認為自己浮華、津田婚前是否有要好的女友等疑惑而感到焦慮的阿延，對於因相親而不安的表妹，表現出一副賢淑過來人模樣說，妳希望多麼幸福都可以喲！只要妳愛人家、使人家愛妳就可以喲！其實，這根本是在勉勵自己，在此所謂使人家愛也就是使人家認可的別名。總之，阿延的這段話，就是要使津田認可自己才是愛的對象的鬥爭宣言。

阿延和吉川夫人完全合不來，因為兩人都愛支配別人。

為何構思橢圓形的小說呢？

所謂世間、所謂社會，由各有所思、相互擠壓人們圍繞認可的鬥爭而成立。漱石的這個新認識，分頭描述多樣人物應該有其必要和必然，因而在《明暗》中帶來從所未有的新方法。那就是在這部小說，以津田的視點和阿延的視點所形成的兩個焦點的橢圓形作品來寫成。

漱石向來就是一個對方法相當敏銳的小說家。蟄居在倫敦的宿屋研讀《文學論》，可不是玩票性質。以第一人稱來寫呢？以第三人稱來寫呢？以告白方式來寫呢？還是以書信方式來寫呢？每一次都使用什麼新方法。

譬如《三四郎》以後的初期三部作，各自都是一個圓。各自站在三四郎的視點、代助的視點、宗助的視點來書寫。直接說出內心的動搖，只有視點人物而已。然而，《過了彼岸》以後的後期三部作，則以好幾個圓連結起來作為其構想。被選為視點人物並非是主人公。無論是敬太郎、二郎還是我，都不是主人公。主人公是市藏、是一郎、是老師。到了《明暗》，則構思為具有兩個焦點的橢圓形來。而且來是一男一女的視點。真可稱為先銳的方法意識！

所謂視點一事，在《道草》裡已經是站在健三視點的同時，也站在阿住的視點，不過阿住的視點從頭到尾都屬於「從」。《明暗》則不相同。阿延的視點已經不是「從」，而是「主」。《明暗》是以兩個獨立且同樣比重的視點所寫成的橢圓形小說。總之，津田內心的糾葛、阿延內心的糾葛，等而量之地書寫。既然是相互要求認可的鬥爭故事，這也就理所當然了。

不僅如此。在相互要求認可的鬥爭的《明暗》裡，漱石務必得發明一種嶄新的方法。那就是三方混戰的對話。這也是一個劃時代的方法。

漱石令人驚訝的對話，有《從今而後》裡代助和三千代的對話，還有《過了彼岸》裡市藏和千代子的對話。所以令讀者茫然，因為漱石在這兩段對話當中完美地讓雙方轉移到對方的立場。

然而，在這兩段對話裡，從頭到尾都只有兩個人。在這兩段對話裡，應該是兩個人相互要求認可的鬥爭，這在原理上將是無限延續的。會變成一種沒有休止的爭論。在《從今而後》裡，三千代只能說出覺悟以切斷那個無限，《過了彼岸》裡千代子也以那是因為你很怯懦來切斷。但是，在《明暗》卻不一樣。守護他們的第三者之眼也隨之登場了。小說的主題，既然是圍繞著認可的鬥爭，只能說這是必然的。

三方混戰對話的意義

《明暗》是從診察室的場景開始。醫生對津田宣告，因為上次的手術動得不徹底，這次要改變治療方法，下定決心從根本動手術才是最好的方法。歸途中，津田因自己對自己的肉體一無所知而感到恐怖，同時察覺到精神上也是如此。然後，開始思考那個女人為何嫁到這裡來呢？我為何和那個女人結婚呢？

簡直就像所謂不被母親所喜愛孩子的主題，沒完沒了追究下去，還是不夠徹底，現在已經到了從正面質問那個拋棄自己的母親「為什麼？」的時刻，宛如聽到小說中發出如此宣言的聲音。然而，就津田的意識來思考，該被問的並非這些，而是為何自己一方面不認可結婚對象，另一方面卻要人家認可呢？

診察結果，津田住院、接受手術治療。住院當天，陪同到醫院的阿延就這樣出去觀賞戲劇。因為決定動手術的前一天答應岡本，所以讓津田感到相當不快。圍繞認可的鬥爭業已開戰了。外出的阿延，不僅去觀劇，還跑去陪繼子相親。由於以吉川夫人為中心的這個場合的對話為多人數，還有阿延對自己的笨拙感到遺憾，所以還談不上是三方混戰的對話。

最精彩的，則是二天後在病房，津田、阿延、阿秀的對話。

對於動手術住院的津田，阿秀擔心家中斷絕生活補貼——說來是自己從中作梗——，所以帶著錢來探病。但是，阿秀感到津田對自己沒有絲毫的感謝之念，帶來的錢一直沒拿出來。津田對家中完全不感謝。阿秀開始批判哥哥，當這個批判延燒到浮華的阿延身上時，阿延出現了。三方混戰的對話就此成立。徹底描述三方混戰的對話實在很困難。不僅是對方如何想，還要算計到第三者如何看待自己和對方的關係，還得把三人三種爭論，其過程確實描述。這個場景真是出色！

若以歌劇作曲來比喻，獨唱簡單，二重唱也簡單，三重唱就難了。縱使莫札特（Mozart）和威爾第（Verdi）寫出卓越的三重唱、四重唱，也是在出師之後。漱石在此有如譜出精彩的三重唱名曲。

阿延在前一天，岡本出乎意料地給她一筆數額不少的零用金。總之，阿秀所準備的錢變得不需要，阿秀心情很不平靜。阿秀不但猛烈非難津田和阿延只考慮自己的事，把錢一放掉頭就走。不過，阿秀的心思並未傳達給津田和阿延。在阿秀出去後，兩人相視大笑。兩人原本不融洽的關係，至此重修舊好。阿延心想，難道阿秀是基督徒嗎？津田和阿延都不是那種對於善惡有絕對必要的類型，最少阿秀對於善惡還是認為絕對必要的類型。

使得這個三方混戰的對話得以成立，在於阿秀希望哥哥認可自己的真情，哥哥希望阿秀認可潛藏的欺瞞，阿延則希望津田、還有小姑認可自己是好妻子、自己娘家還有叔父家的富裕，各自有各自希望被認可的三方混戰的欲望。中途加進來的阿延，在此之際因為在阿秀面前演出兩人是一對心靈契合夫婦的戲而感到雀躍。

三方混戰的對話，不外乎象徵《明暗》的主題。

《明暗》的主角毋寧說是小林

然而，縱使讀者為這齣對話劇傾倒，卻無法釋然。為什麼？因為大家反而被阿秀所說服。小說設定的視點是津田和阿延，易於感情移入理應是這兩人，但是在阿秀出去後，兩人相視大笑時，讀者的情緒已經離開他們了。那是排除第三者、歸結為其他兩人時經常有的事，雖然知道的確忠實地描述，情緒上卻無法肯定津田和阿延。

為什麼？毋庸贅言，因為漱石本身就是如此寫。漱石根本不想寫出那種主人公是受肯定大善人的小說。

漱石對於阿秀也是充分保持距離，來描述脫離現實下的理想主義。阿秀的丈夫是一個遊手好閒的人，和阿秀的理想主義完全矛盾。儘管如此，阿秀受叔父藤井夫婦的影響，思想極為觀念性，並未察覺這個矛盾。若說滑稽，阿秀確實滑稽。話雖如此，讀者對阿秀的認真會引起共鳴，對津田和阿延則引起反感。

在《明暗》裡，任何一個登場人物都是長處、短處兼之等量描述。以任何人都具有矛盾心理來描述。任何一句話都具有兩面性來描述。對於住院的津田，吉川和吉川夫人說出半開玩笑、半認真的話來。阿延自己在繼子的相親上，也感覺得出自己對於緊張的當事人繼子的忌妒和侮蔑。邊感覺出這種違反常理的感情、邊還想緊緊握住對方的手的類型的人。

在《明暗》裡，無論任何人，其性格自不待言，連其意志和感情，都以兩種顏色以上的刷子來描繪。那還帶有強烈的現實性。

其中描述得最為卓越的則是小林。

津田為動手術將住院的前一天，順便報告情況來到叔父藤井家，因此遇見小林。小林如同藤井的徒弟，長期在藤井的雜誌幫忙編輯、幫忙校對，其間拿著自己寫的原稿到有可能換得現金的地方四處兜售，看起來非常忙碌。確實如繪畫般，津田富裕、小林窮困。但是，總是穿著粗衣的小林，那一天很罕見穿著一身雖然便宜卻全新的西裝。

歸途，小林邀津田去喝一杯。津田原本討厭和小林一起去喝酒，因被小林說：那麼討厭和我一起喝酒嗎？正因為那麼討厭，反而一起去喝酒。這也是一種矛盾心理，結果進入一家庶民化的廉價酒館。

小林在此對津田說，你看到我穿髒衣服就說髒，這就是蔑視吧！還有偶而看到我穿著光亮的衣服就說帥，這就是蔑視吧！那麼我該如何做才好呢？如何做才會獲得你的尊敬呢？因為是後生晚輩，所以請教我吧！我很想被你尊敬。

有錢人也必須帶著敬意認可窮人的人格。小林在此明白說出《明暗》的主題，也就是圍繞認可的鬥爭。圍繞津田和阿延的認可鬥爭，在此明白說出如何地擴大。如此自覺性擔任起主題，毋寧說小林才是《明暗》的主人公。

小林從何而來呢？

小林放眼廉價的酒館，挑釁般的對津田說，這裡完全沒有像上流社會那樣傲慢的人。津田對小林忠告，像你這種胡亂說上流社會壞話的人，會被錯當社會主義者，小心些吧！小林反駁，別讓人笑破肚皮喲！我看起來就是善良貧民的同情者，比起我來，你們這些故裝高雅的人實在壞透了，你說警察該抓誰呢？好好想一想吧！他環視周圍繼續又說，他們比起你和偵探之類不知擁有多少更崇高的人性？只是那種人性美被貧窮的塵埃所沾污而已，那不過是沒洗澡的污穢罷了，不要瞧不起人！

雖然不是津田，不過把小林評為社會主義者的人很多。有說漱石開始關心社會，應該就是關心社會運動的證據。也有說這是漱石從所未有的描述。
但是，全然不對。相反地再沒有比小林和漱石更親近的存在。譬如在此小林的發言，和《我是貓》的苦沙彌老師徹底厭惡有錢人和偵探一模一樣。
大抵上，藤井家會令人想起苦沙彌老師的家。津田和叔母間有關「相親好、還是戀愛好？」的討論，這也是很重要的主題，討論後藤井說自己是相親，其實太太從一開始就很中意他。津田和小林都忍不住笑出來。津田和小林在離開藤井家前，所描述的場景也可以原封不動移到《我是貓》。
大抵上，從小林登場以來，就讓人想起《我是貓》。津田一知道在客廳和藤井會面的人是小林，心想：怎麼是小林？因為小林倒不是藤井的書生，只像是工作上的助手。繼之，他想起夏天見面時，小林那怪異的服裝。
白縐綢立領襦袢上披著薩摩絣茶色條紋和服、袴上套著薄絹的短外罩，好像傘鋪老闆充當鎮上葬禮的隨從走在歸途，碰上舉行強飯儀式時也只能放進懷裡接受。
那時他對津田說明的理由，因為西裝被小偷盜走。
縱使無法實際感受到隔著時代的服裝有多麼可笑，以「好像傘鋪老闆充當鎮上葬禮的隨從走在歸途，碰上舉行強飯儀式時也只能放進懷裡接受」來形容，忍不住笑出來了。若讀這一段描寫，就知道漱石本身有意要喚回《我是貓》的風格。
然而，小林不僅具有在《我是貓》中登場人物的資格，從他的癖性、從他的經歷而言，確實屬於漱石小說中正統主人公的家譜。

小林是孤兒也是棄兒

小林特地邀津田到酒館，有其理由。穿著全新西裝也是理由。

小林對津田說，我很清楚你心中在想什麼，你想說我既然那麼同情下層社會，自己本身又窮，卻穿著新西裝，對於這個矛盾你很想笑吧！這種拐彎抹角的說話方式，宛如市藏對待千代子般，僅此應該就具有主人公的資格，小林進一步說其實這件衣服，是因為最近要離開東京，要到朝鮮喲！

在東京呆不下去的小林，要到朝鮮，已經和那邊的報社大致談妥就職事宜。這個經緯，不得不讓人想起《少爺》離開東京的情景。更不得不讓人想起漱石寫給狩野亨吉的信。若依此說法，小林確實為處罰東京人才離開東京。

而且，漱石要讓這個小林和阿延對決。

遠赴朝鮮前，拜託津田把舊外套給自己的小林，為拿衣服來到阿延的住所。明知津田住院不在家卻去拜訪。在此展開的對話確實精采。

阿延第一次碰到像小林這樣的人。第一次碰到這種儘管貧窮，卻具有知性、又能論理說道的人。真是嚇呆了。

若是有一個女人願意和我私奔到朝鮮三界，也許我就不會變成這般的怪人吧！

——小林對阿延說道。坦白說，我不僅沒有妻子，根本什麼都沒有，沒有父母、沒有朋友，也就是在這世上什麼都沒有。若誇張地說，也可以說不是一個人。他繼續又說，若說家累只有一個妹妹，目前為錢住進藤井家當女傭。

要言之，縱使有妹妹，包括妹妹在內，強調自己孤兒的境遇、棄兒的境遇。阿延對小林的談話中只在意一件事，就是津田婚前是否有有交往的女性，小林以暗示說法對應阿延。他只挑自己想說的事。

太太！我是為惹人厭才來到世上，經常故意說些或做些惹人厭的事。若不如此，就會痛苦到受不了。根本活不下去啊！因為我無法讓人認可我的存在，我很無能，無論怎樣被人家輕蔑也無法報復，既然沒辦法至少做些惹人厭的事。這就是我的志願。

說到這裡，任何人都不由得想起杜思妥也夫斯基（Dostoyevsky）《地下室手記》（*Notes from Underground*）的主人公為典型的登場人物。

小林是杜思妥也夫斯基嗎？

宛如透過什麼在看事物般，漱石讓小林論及杜思妥也夫斯基。走出藤井家，進入廉價酒館的場面。小林問津田，讀過俄羅斯小說、特別是杜思妥也夫斯基小說的人理應知道，無論多麼低賤的人、無論多麼沒受過教育的人，有時從這些人的口中，也會說出令人淚流的感人、毫無做作、如泉水般流露至純至情的話，你認為那是虛偽的嗎？

津田冷冷地回答，我沒讀過杜思妥也夫斯基，所以不知道喲！他沒必要理睬小林的熱衷。小林感嘆，自己的老師藤井感到杜思妥也夫斯基有所意圖，所以不喜歡他。

若只讀這段對話，杜思妥也夫斯基不過就是下層社會的擁護者而已。不知漱石讀杜思妥也夫斯基讀到什麼程度？《往事種種》中曾觸及杜思妥也夫斯基，談及有關神聖之病——癲癇，死刑執行前被阻止，敘述在死與重生的激烈體驗。這和漱石九死一生的自身體驗重疊。他大概能夠明瞭掌握杜思妥也夫斯基一生的輪廓吧！但是，其小說的登場人物多數如小林般存在，不知漱石的意識到何種程度呢？

《往事種種》寫於一九一〇年、也就是明治四十三年。當時，杜思妥也夫斯基作品依序有德譯本、法譯本、英譯本。日本在一八九二年，因為只有內田不知庵的摘譯本《罪與罰》出版，漱石應該是讀英、德譯本。以內田不知庵的一九一三年、也就是大正二年的新譯為開端，直至漱石執筆《明暗》的一九一六年，其間有米川正夫、廣津和郎等的譯本：《白痴》（*The Idiot*）、《卡拉馬助夫兄弟們》（*The Brothers Karamazov*）、《死人之家》（*The House of the Dead*）、《惡靈》（*The Possessed*）、《窮人》（*Poor Folk*）等重要小說陸續出版。其中《惡靈》的譯者還是漱石的弟子森田草平。漱石過世後翌年，《杜思妥也夫斯基全集》出版。應該是一種流行。漱石漂亮地反應流行，在《往事種種》談及，在《明暗》除小林的談話範圍外，小林的個性造型是否也受到影響，就不得而知。

《明暗》中的小林大概不是受杜思妥也夫斯基的影響而誕生。那應該是所謂不被母親所喜愛孩子的主題的必然產物。正是這般的存在，毋寧說漱石逆回溯不得不苦鬥的主題，甚至可以認為直逼近杜思妥也夫斯基，還有杜思妥也夫斯基是否也和漱石抱著同樣的主題呢？

譬如小林對阿延所說的話：

「太太從方才就很討厭我，心想：快走吧！快走吧！可是不知為什麼？女傭卻不回來，無可奈何只好陪著我，這些我都很清楚。但是，太太只知道我是一個惹人厭的傢伙，卻不知道我之所以惹人厭的原因，在此我要向妳說明。難不成我一生下來就這般惹人厭嗎？我倒不太清楚。」

這段話，讓人想起《道草》中的「現在的自己是怎麼形成的呢？」那一句話。在《明暗》裡，對自己如此發問的只有小林而已。任何人多少都會有些惹人厭、有些矛盾存在，不過只有小林對這件事有自覺。

還有一個三方混戰的對話

津田停止在廉價酒館的對話，約好時日，以送行會的形式招待小林到市中心的高級西餐廳。那是手術後出院，前往溫泉地的前一天。雖然包了三十圓的錢別金給小林，令人訝異的是小林竟當著津田，想把錢給被叫來的畫家，原。

在此，漱石確實營造一個精采的三方混戰的對話。

原本以為津田和小林的對話將是漫長而持續，其實不然。小林照例故意放大聲對同在場的有錢人，激烈地痛批上流社會。津田在餐廳和其他客人前，直冒冷汗，這正是小林的企圖。確實是圍繞著認可的鬥爭。因為那般的作法宛如在聽眾前對話，所以這也是三方混戰的對話。就此意義在廉價酒館也是如此，不過在那裡是肯定，在這裡則是否定，甚至是非難、揶揄、痛罵。小林的意識並非如此。

小林宛如把擁有和非己之物的驕傲逆轉過來持續說下去，反正被認為乖僻也沒辦法。其實漱石對於小林的沒規矩並不以為然。無論如何都是太厚顏了。讀者很能體會津田的困惑。之後，原登場，小林把錢送給原。津田一開始認為自己被小林所騙。也就是小林為羞辱自己故意設下的圈套。津田的心理、身體的動搖明顯地被描述。並非經濟的動搖。

原的登場，才是原意的三方混戰的對話。雖然原幾乎不說話，卻不是單純的客人。津田在小林和原談及有關藝術時，只能看著他們被晾在一旁。津田被當傻瓜對待。

然而，小林並非為讓津田落入圈套，才把原叫出來。小林對客氣的原說，若這是熬夜寫作，每張稿三十五圓賺得來的錢，那麼我出手就不致太大方，因為對不起從額頭一滴一滴落下來的粘答答的汗水。然而，這些錢可不是這樣啊！而是從富餘空間吹過來的乾淨錢財。撿起來的人，越是接受這功德，越能讓富裕的人感到歡喜。對不對？津田君。竟然轉過頭問津田。

可恨的津田，反而成為諮詢的好對象，總算也保住彼此的顏面。然後津田說，對啊！這樣最好了。結果，原拿十圓，小林拿二十圓，這件事告一段落，在這三方混戰的對話中最令人印象深刻，莫過於小林既然希望對方認可自己的存在，就先認可對方的存在。小林既然希望津田認可自己的存在，就先認可原的存在。津田並無此認識。津田和阿延在評價別人時並沒有自己的基準。

事實上，《明暗》的描述相當細膩。

《明暗》和《野分》何處相異？

津田、小林和原所上演的三方混戰的對話，雖是《明暗》大放光采的精采場景，其實這三者的構圖忠實地重複自約在十年前的《野分》。《野分》比《草枕》晚半年、比《虞美人草》早半年，在其間的一九〇七年一月發表的作品。

《野分》主要的登場人物，有白井道也、高柳周作、中野春台等三人。若套在《明暗》，發行雜誌寫稿的藤井就是白井道也、藤井的弟子小林就是高柳周作、富裕的津田就是中野春台。白井八年前大學畢業後，到鄉下的中學就職，由於批判有錢人而被趕出，同樣的事不斷重複的結果，去年春天飄然地回到東京，如同《少爺》其後的發展。高柳是一個立志當小說家的青年，在鄉下是隨聲附和趕走白井的學生之一，內心一直為此事所苦。回到東京的白井，日以繼夜不停地執筆寫稿，生活依然窮困，從這點看來比起藤井也許更接近小林。

話雖如此，小林之所以讓人想起《野分》中的高柳，不是其境遇而是其行為。因為高柳從中野那裡收到一百圓的生病慰問金，原封不動送給白井。小林不是給藤井而是給原，其思想更為激進，無論如何，高柳也罷、小林也罷，都是從有錢人手中拿到錢，就送給更窮困的人，就實踐這種想法的行為幾乎相同。

然而，有一個決定性的差異。《明暗》是在津田的面前進行，津田的自負和小林的侮蔑正形成一種正面的對撞。儘管津田是給予的一方，卻狼狽不堪。小林以此逼使有錢人認同窮人的人格，也就是清楚意識到圍繞認可的鬥爭。但是，在《野分》並非如此，高柳就不必說了，就連白井也沒有如小林般的意識。

高柳拜訪白井的住家時，讀到白井一篇所謂〈解脫和執著〉的論文所致。文中提到窮人所以為貧窮所困，認為人家都在專心注意自己的貧窮，也就是說為他人所執著。總之，就是認為對貧窮覺得可恥，因為人家輕蔑貧窮。由於高柳被中野邀請去音樂會時，他就有同樣的想法，所以才會一頭栽進論文中。

白井論文的大概宗旨，解脫執著的方法有二：一是無論人家如何執著，自己不要執著，也就是要如釋迦和孔子般不重視物質。二是普通人的解脫法，不要成為非執著不可的貧窮狀況，也就是一開始就要媚世、隨聲附和。文學者必須採取第一種解脫方法。

簡言之，這是停止所謂汲汲於被認可、不被認可這個問題。白井被描寫成一個絲毫不在意妻子嚴厲打擊的高節之士。反而認為妻子是一個正面的麻煩，高柳為這個白井，甚至不顧自身的療養，把中野給的錢奉上。

根源性的鬥爭

《明暗》和《野分》有一百八十度的差異。若說《明暗》是描述圍繞認可的鬥爭，《野分》等於在敘述停止那個鬥爭。說明白些，《明暗》和《野分》完全相反，等於是不要解脫、要執著！等於就是描述執著而改變自己的現實。即使被認為是漱石晚年境地的則天去私，也是意味著不能只接受文字表面的意義。

《野分》的思想，接近於《草枕》中的畫家和《虞美人草》中的甲野所標榜的不近人情的立場，就創作時期而言自是理所當然，果真如此，令人驚訝的則是漱石的思想在十年之間竟有一百八十度的差異。若從文字表面推測，則天去私接近不近人情，不過得再思考是否包含相反的意義。因為其間有那般大的變化。

其實，在《明暗》裡，小林多少也談及則天去私的思想。不要生氣！小林對阿延說道。我只想向太太說明所謂不是從自己的小家子氣來報復的意義。因為我希望解釋為是老天命令我成為這種惹人厭的人，沒辦法才會故意說些討惹人厭的話。我希望你能夠認可這個沒有一絲壞目的的我，希望你知道我從一開始就沒有任何目的。然而，也許老天有所目的吧！也許就是這個目的在驅使我的吧！也許如此被驅使正是我的夙願吧！

這和《草枕》中畫家所謂的不近人情完全不一樣。倒是和《道草》中健三所說的話比較接近──那時的感情至今還活生生、活生生的感情至今還在產生作用，縱使把我殺了，老天也會讓我復活，所以什麼都傷不了我啦！無論哪一方都是在挑唆革命。

當然啦！漱石的想法之所以發生大變化，就是從《虞美人草》到《道草》的小說群所帶來的。從自己是否不被母親所喜愛孩子的懷疑出發，不！為達到自己比什麼都希望被認可一事，應該說是母親的變貌──那美、藤尾、美彌子、三千代、阿米、千代子、阿直，還有阿住等女性，已經達到不能說是虛構般的生動犧牲。應該被認可人格的毋寧說是這些女性。那才是不得不成為所謂愛的行為的核心。

在《明暗》裡，以阿延為首的女人，為何那般栩栩如生呢？有一個非常清楚的理由非說不可。因為阿延也好、清子也好、繼子也好、吉川夫人也好、藤井太太也好、各自都以各自的人格在行動。

小林當然是貧窮的人格化。小林不過就是常見的那種「批判有錢人、擁護窮人」的思想。但是，對窮人的同感並非就是社會主義的開始。從聖經時代的往昔就有這種事了。小林既不是人道主義者、也不是社會主義者。最符合的是人類心理的銳利觀察者。熟知人類心理幾乎就是圍繞認可的鬥爭函數的觀察者。銳利的觀察眼，不外乎是從漱石自己的體驗而產生。

小林所展開的圍繞認可的鬥爭，並不是所謂的階級鬥爭。而是更深的根源性，更遙遠的原始性。人因為附身為他者才成為自己，才追溯到從前。追溯到從前，讓人思考所謂人為何物？

小林站立在圍繞認可的鬥爭的前線而戰，所依據的並非來自外來的思想。想伸手觸及外來的思想，倒不如再用功讀書？阿延邊說邊上二樓，翻開大部頭洋書的正是津田。

《明暗》中圍繞認可的鬥爭的主題源頭，把所謂世間、所謂社會生動又精彩地描寫，這個主題無法逃避不被母親所喜愛孩子的主題，所以才有這種必然的衍生、展開，因為都是從漱石自身中找出來的。

《明暗》一書中，津田在西餐廳和小林、原談話後，前往溫泉地和清子會面。津田、小林、原的組合，令人想起《野分》，津田前往溫泉地，也令人想起初期幻想小說的世界。搭乘輕便火車在傍晚時分抵達溫泉地的車站，從那裡搭馬車往宿屋的道路，確實引人進入夢世界。在客人稀少的宿屋中迷路、在盥洗室的鏡子前驚嚇而呆立等場面，好像他者的自己，不！若使用漱石自己的語彙，描寫好像幽靈的自己，只能說精彩！

翌日和清子的會面，成為自此之前最好的典型心理小說，所謂心理小說不能不認為就是「圍繞認可的鬥爭」的別名。津田對於清子如何看待以前的自己、如何看待現在的自己，打算從清子的言行舉止下判斷。基於判斷才要決定之後的言行。話雖如此，卻總是未射中靶心。由於未射中靶心，反而帶來新的發展。

對他者、更多對自己本身，希望自己被認可成什麼樣的人，我們很清楚這種心理是人際關係、也就是社會的產物。如同心理分析般複雜，社會也是具有某種程度上的複雜，最重要還是個人必須具有什麼樣的形式、選擇的自由、行動的自由。圍繞承認的鬥爭，某種程度得成為開放的人。

在人類的歷史裡，不被母親所喜愛的孩子並非罕見啊！何以漱石特別要去面對這個問題呢？為何得和這個問題格鬥呢？對於這些問題，社會變化應該是第一個理由，然而不被母親所喜愛孩子的主題，不只是近代文學特有。這個問題，並非單純因近代家族的形成而產生。這種事，譬如民間故事中的繼母、繼子的主題並非罕見，神話中也有不被母親所喜愛孩子的故事廣為流傳於世界各角落，這些都是很明顯的。

當然，不被母親所喜愛孩子的主題，曾經是公共議題，不過從某一階段就被看成私人的問題。譬如家族、親族、部族，在以血緣為基盤的社會裡，所謂被母親喜愛、不被母親喜愛的主題，某種程度上屬於公共議題。若是移到以別種事物為基盤的社會裡，公私的區分法就變成在滑坡上移動般不穩。

漱石的小說被廣為閱讀，這種公私的區分法就會被質疑。政治、經濟、社會屬於公共問題，戀愛、結婚、家族屬於私人問題，雖然這是一般人的想法，毋寧說正好相反吧！難道「公」不正好就是「私」？「私」不正好就是「公」嗎？譬如驅使人從事革命、政治、戰爭，未必是公的思想或理論。往往是私人的感情。這種私人的感情，總是可以回溯到幼年時期所受的屈辱體驗，大抵是其背後受屈辱的母子關係或戀愛關係，因此產生而潛藏在內心的癖性。

許多的小說和電影都是如此設定，而且令讀者、觀眾感動，這顯示公私逆說，對人來說是一種根源性的東西。甚至令人覺得所謂主體性，難道不就是公私逆說嗎？從徂徠到漱石的這一個文脈上，不是有必然性的展開嗎？在《過了彼岸》中，松本把市藏的乖僻和漱石本身的〈現代日本的開化〉的問題重疊，暗示漱石本身也有如此的想法。對《從今而後》中的代助而言，對三千代的戀情既自然也是天命。

反正，不被母親所喜愛孩子的主題，不可能是私人的、個人的問題。為什麼呢？因為每一個孩子都有母親，任何人都是由母親生下來。雖然愛這種感情很清楚，想讓他人完全接受幾乎是不可能。因此，原則上誰都有可能成為不被母親所喜愛的孩子。懷疑自己是否為不被母親所喜愛的孩子的心癖，原則上誰都有可能。因為有可能，在內心深處無論誰都會受傷害、也會去傷害別人。

漱石是否不被母親所喜愛，只有問漱石本身才知道，可是卻辦不到。把自己的心路歷程誠實寫出來就好，對於自己是多麼不了解自己而感到驚訝！寫下這些的是二十九歲的漱石、熊本第五高等學校當教授的漱石。總之，這是漱石本身對於漱石一無所知的告白，因此，才會終其一生持續探索。因此，死後眾多的漱石論只有持續探索。總而言之，如同漱石對自己本身不了解般，至今仍是一個謎團。以謎團般地活下去。不只漱石如此而已。任何人都是如此。毋寧說這正是所謂文學的基本構造。

閱讀漱石，最令人驚訝莫過於探索這個謎團之徹底。

漱石逝世於一九一六年、也就是大正五年十二月九日，從那一年元旦開始連載《點頭錄》，《明暗》則是從五月二十六日開始。雖然《點頭錄》的連載很短，卻在《明暗》執筆之前，從這裡我們知道漱石的想法，就是第一回文章中「又到正月了」。

「又到正月了，回顧過去宛如一場夢，不知不覺中已進入這年歲了，真是不可思議！」開頭如此寫著。接著又寫著：過去只是一場夢。不過是一個假象。若是如此，現在不也是假象嗎？然而，令人驚訝的是天地所覆蓋的當下卻是千真萬確。對於生命的這兩種看法，毫無矛盾地同時並存，有關超越一般理論的異樣現象，自己現在一點也不打算說明。

作為新年用文章，這有些破例。曾經為這般的文章可以上元旦報紙版面而感動。甚至還認為難道現代文明，只是把人弄得淺薄而已嗎？

現在正是最不可理解的事——十九世紀的某思想家所說。這和漱石所敘述一樣。死者可以看到人，生者可以看到鬼怪——另一位思想家所說，這好像在詮釋漱石所敘述的事。

所謂人，就是一個異樣現象。這是漱石所確信的事。自己這種東西，其實就是一個異樣現象。

小學生輕率就自殺，因為認為縱使自殺，所謂自己的現象依然持續。不只是小學生而已。這是人實際的感覺。認為自己會歸於無，這個思考方式確實是人為的，只有人為才會說出如此賢達的話。

謎團的探索，從《我是貓》到《明暗》，一成未變地持續。所謂我的現象，在結構上屬於永遠，說起來卻是脫離現實。儘管如此，人還是為現實所束縛。《明暗》

正在書寫中，如此的思想正在漱石的腦中盤旋吧！

自己是否不被母親所喜愛呢？這小小的懷疑砂礫，雖然傷害母貝，還是成為大顆真珠，吸引讀者、引人深深思索。可以認為漱石的教科書就是這如此產生。現在還讓人在思考……不，現在不得不更加深思。

為讓漱石形象鮮明、引用文能全部融入本文中，因此舊字舊假名全部改為新字新假名。另外，漱石獨特的遺辭也改為一般的的遺辭，為能夠和本文連接時簡潔易懂，也會前後倒置，並非一字不漏引用原文。漢詩、漢文，還有漢文化的文章，都以意譯。雖然敬愛漱石的人會皺眉頭，但是為能在簡短的紙張中，將此目的傳達給手拿此書的人，也是不得已的方法。全部都以打招呼、話家常的方式來書寫。雖然笨拙，總之希望大家能夠接受。乞求漱石粉絲海涵！

幸好漱石的作品，數度出版的個人全集為首，可說是現代日本文學中最容易到手的教科書。有關反覆提及的焦點小說或隨筆，請大家參照原書。

當寫成一本書時經常會想到的，當然是自己的才疏學淺，還有就是這不過是緒端而已。不得不思考的事、不得不調查的事，越來越多。若有緒端的同樣想法，更多加深對漱石理解的人士都能登場，那才是無上的歡欣。

二〇〇一年寫就《青春的終焉》、二〇〇五年寫就《出生的祕密》。本書的主題位於這延長線上。守護這個主題而成為必然的展開，是岩波新書編輯部的古川義子小姐，她不僅在我執筆過程敘述正確的感想，還找出許多本書未具體言及、卻是必定要參照、確認的資料和文獻。特別在校正階段，斟酌本書的意圖作縝密的確認，受益良多。特此致上深深謝意。

二〇〇八年　三浦雅士

J 人物誌

漱石——文豪消失的童年和母愛

作者◆三浦雅士
譯者◆林皎碧
發行人◆王學哲
總編輯◆方鵬程
主編◆李俊男
責任編輯◆賴秉薇
美術設計◆吳郁婷

出版發行：臺灣商務印書館股份有限公司
台北市重慶南路一段三十七號
電話：(02)2371-3712
讀者服務專線：0800056196
郵撥：0000165-1
網路書店：www.cptw.com.tw
E-mail：ecptw@cptw.com.tw
網址：www.cptw.com.tw

局版北市業字第 993 號
初版一刷：2009 年 7 月
定價：新台幣 220 元

ISBN 978-957-05-2388-1

漱石：文豪消失的童年和母愛 ／ 三浦雅士著；
林皎碧譯. -- 初版. -- 臺北市 ： 臺灣商務,
2009. 07
面 ； 公分. --（J 人物誌）

ISBN 978-957-05-2388-1(平裝)

1.夏目漱石 2.作家 3.傳記 4.文學評論
5.日本

783.18 98009042